바람이
노래한다

바람이 노래한다

권하은 장편소설

창비

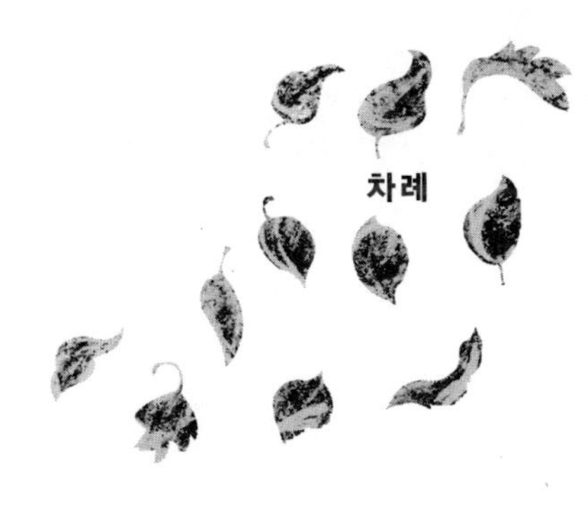

차례

소주

소주와 내가 처음 만난 건 우리 가족이 서울 생활을 완전히 정리하고 T면으로 이사한 열두 살의 여름날이었다. 교인들이 우리 가족보다 먼저 도착한 이삿짐을 목사관으로 나르고 있었고, 거기 끼어 있던 소주는 사내아이처럼 짧은 반바지를 입고 있어 하얗고 기다란 다리를 그대로 내놓은 채였다. 소주는 내 흰색 플란넬 원피스와 옆구리에 끼고 있는 화구통을 신기한 듯 살펴보더니 다정하게 말했다.

"네가 양명지니? 너 참, 이름답게 생겼다."

이름답게 생긴 게 어떻게 생긴 건지 궁금했지만 나는 새침을 떠느라 묻지 않았다. 나보다도 훨씬 키가 크고 잘생긴 그 아이는 짧게 자른 곱슬머리와 콧잔등의 주근깨 때문에 괄괄한 말괄량이처럼 보였다. 소주는 새로 부임하는 목사님의 동갑내기 외동딸이 궁금해 새벽부터 일어나 잠을 설쳤다고 솔직하게 말했다. 지금 생각해보면 소주는 이미 그날 새벽 일찌감치 눈을 뜬 순간부터 나랑 친구가 되기로 단단히 결심을 굳히고 있었다. 그런 결심을 순수하게 내비치며, 소주는 처음 보는 내 손을 스스럼없이 잡고 활짝 웃었다. 소주가 웃자 하얀 두 뺨에 깊은 보조개가 움푹 팼다. 그때까지 내가 본 웃음 중 가장 예쁜 웃음이었다. 나는 소주가 내 손을 잡으며 활짝 웃은 그 순간부터 그 애의 친구가 되고 싶었던 것 같다. 우리는 곧 가장 사이좋은 친구가 됐다.

소주의 왼팔은 팔꿈치 관절이 시작되기 직전 그냥 사라져버렸다. 그래서 그 애의 왼편 옷소매는 늘 펄럭거렸는데, 뜀박질을 할 때나 바람이 심하게 부는 날이면 더욱 처량해 보였다. 소주는 그 애의 엄마가 만취한 상태로 동네 어귀에 널브러져 있을 때 태어났고 마침 모내기하러 지나가던 동네 사람들이 없었더라면, 또 그렇게나 화창하고 따스한 봄날이 아니었다면 그대로 죽었을 것이다. 소주 엄마는 소주가 백일을 맞기도 전에 급성 간경변증으로 죽어버려서, 소주에게 소주라는 이상한 이름도 붙여주고 암죽을 먹여가며 곱게 키워준 것은 사람들이 '영감님'이라 부르는 그 애의 친할아버지였다.

영감님은 등에 늘 뭔가를 지고 있어서인지 허리가 무척 구부정했다. 내가 영감님을 처음 만났을 때도 지게에 나뭇단을 산더미같이 쌓아 올린 채 지고 있었는데, 소주는 동네에서 그만한 나뭇단을 질 수 있는 사람은 자기 할아버지밖에 없다고 자랑을 했다. 영감님의 앞니 두 개가 몽땅 빠져버린 것은 소주 아빠가 집을 나가면서 과수원 문서를 내놓으라고 두들겨 패서였다. 영감님은 그때 심하게 얻어맞아 한쪽 고막이 터지는 바람에 사람 말을 잘 알아듣지 못하게 되고 말았다.

동네에서 마주치는 누구에게나 그렇듯 아빠가 영감님에게도 교회에 나오시라고 했을 때, 영감님은 빠진 이를 드러내며 연신 고개를 끄덕였었다. 하지만 영감님은 교회에 나오지 않았다. 말귀를 못 알아들었다고 생각한 아빠는 다음에 영감님을 만나자 교회에 나오시라고 있는 힘껏 소리를 질렀다. 영감님은 웃으며 고개를 끄덕였지만 역시 교회에 모습을 보이지 않았다. 그런 일이 몇 번 반복된 후 멀리서 영감님이 지게를 지고 오는 모습이 보일라치면 아빠는 슬그머니 다른 길로 몸을 돌렸다.

소주는 틈만 나면 동네 뒤를 감싸고 있는 바람산의 여기저기로 나를 데리고 다니면서 여러 가지 풀과 꽃 들의 이름을 가르쳐주었다. '바람산'이라는 이름은 아주 오래전부터 사람들의 입을 통해 전해 내려온 것으로, 정상에 올라가면 정말 세찬 바람을 맞을 수 있기 때문에 붙은 것이었다. 바람산은 세 개의 봉우리로 이루어져 있었는데, 동편과 서편에 있는 산자락은 그 높이가 비교적 낮고 품이 넓었으며 가운데 가장 높이 솟은 봉우리는 화강암으로 이루어진 암봉이었다. 동네의 주 수입원인 과수원들은 전부 바람산 자락에 몰려 있었고, 이 동네 사람이라면 누구나 바람산과 더불어 살아갔다.

소주가 건네주는 머루나 샐비어, 아카시아, 인동꽃, 진달래, 민들레, 수숫대, 겨우살이, 느릅나무 껍질, 칡뿌리 같은 것들을 씹어 먹으며 산등성이를 타고 올라가다 보면 사과꽃 향기와 함께 아침 이슬이 증발된 자리에서 피어오르는 싱그러운 풀 냄새가 코를 간질였고, 간간히 부는 시원한 바람은 이마의 땀을 식혀줬다. 걸음마를 떼자마자 들락거리던 바람산에서 소주가 가장 좋아하던 장소는 동편 산자락에서 가느다란 오솔길을 벗어나 수풀을 헤치고 얼마쯤 들어간 곳에 있었다. 그곳에는 오랜 세월 바람을 맞아 이상한 모양으로 틀어져버린 소나무 세 그루가 병풍처럼 서 있었고, 너른 회색 바위가 놓인 앞으로는 가늘고 얕은 시냇물이 반짝거리며 흘러갔다.

소주와 나는 햇볕으로 따스하게 달궈진 바위 위에 벌렁 드러누워 구름이 흘러가는 모양이나 바람에 흔들리는 소나무 가지를 쳐다보곤 했다. 노란 송홧가루가 흩날려 누워 있던 우리의 머리카락이며 몸에 소복이 쌓일 때면, 소주는 한 손을 뻗어 가루를 잡아챈 다음 손바닥을 할짝거렸다.

봄이 되면 동네가 온통 분홍빛 복숭아꽃으로 둘러싸였다. 향기로운 꽃향내가 바람결에 실려 와 코를 간질였고, 꿀벌들이 어디서

나 윙윙거렸다. 동네 사람들은 곧 열매를 맺을 과수나무들을 더욱 지극 정성으로 돌보는 한편 모내기까지 해야 해서 동네는 항상 기분 좋은 분주함으로 바스락거렸다. 한창 바쁠 때는 아이들까지 놀이를 그만둔 채 모두 팔을 걷어붙였으므로 나도 틈이 나는 대로 소주네 과수원에 따라가 나름대로 일을 도왔다.

소주네 과수원은 별로 크지는 않았지만 영감님이 워낙 소중히 가꿔와서 잡풀 하나 없이 깨끗한 데다 골짜기가 한눈에 내려다보이는 전망 좋은 위치에 있었다. 내가 어설픈 솜씨로 복숭아에 봉지를 씌워놓으면 소주가 슬그머니 다가와 재빠르게 다시 고쳐 씌우곤 했는데, 손가락 다섯 개를 춤추듯 움직이는 소주의 동작은 감탄을 자아냈다.

나는 가끔씩 과수원에 스케치북과 색연필을 가져가서 일하고 있는 소주의 모습을 스케치했다. 비록 옷차림이 추레하긴 했지만 여간해선 잘 타지도 않는 소주의 흰 피부는 신선한 공기 속에서 투명하게 빛났고, 가느다란 갈색 머리카락은 밝은 햇살과 함께 빰으로 흘러내렸다. 쌍꺼풀이 짙게 잡혀 있는 커다란 눈과 약간 둥그스름한 콧방울, 적당한 크기의 분홍빛 입술을 세심히 그려나가다 보면 소주의 얼굴 전체에서 어떤 친숙한 느낌, 반짝거리는 유쾌함과 따스함이 풍겨 나온다는 것을 알 수 있었다.

영감님은 우리를 위해 가끔씩 채 여물지 않은 풋복숭아 몇 개를 골라 냇물에 씻은 후 바위 위에 올려놔 주었다. 하루가 저무는, 강렬하게 불타오르는 마지막 햇살 속에서 세 사람은 묵묵히 석양을 바라보며 복숭아를 베어 먹었다.

매미 우는 여름과 함께 달콤한 과즙이 흘러넘치는 복숭아 향이 가시고 나면, 찬 서리가 밭에 남아 있던 배추들 위로 얇게 내리고 곧 새하얀 눈이 쏟아져 모든 것을 남김없이 덮어버렸다. 집집마다 한 해 동안 쓸 조청을 뽑고 엿을 고느라 굴뚝에 김이 오르고, 학교에선 난로에 쓸 땔감을 얻기 위해 가끔씩 수업을 쉬고 학생들을 뒷산으로 데려갔다.

뒷산에 올라가 땔감을 모으는 일은 고생스럽긴 했지만 우리들 처지에서야 수업을 빼먹는 것만큼 신나는 일도 없었으므로, 줄지어 산을 올라가는 동안 즐겁게 재잘거리며 노래까지 흥얼거렸다. 우리는 각자 한 개씩 할당된 자루에 솔방울을 가득 모아야 했는데, 내 자루는 늘 소주가 채워주다시피 했다.

소주는 대단히 추운 날에도 장갑을 끼지 않아서 오른손이 항상 발갛게 붓거나 하얗게 터 있었다. 아무리 어렵다 해도 장갑 정도 못 살 형편은 아니었는데, 어쩌면 오른손 왼손 쌍으로 된 장갑이 소주에겐 너무 가혹한 물건이었는지도 모른다. 솔방울을 주워서 내 자루에 부지런히 던져 넣고 있는 소주에게 장갑을 한 짝 벗어주었지만 소주는 선뜻 끼지 않고 장갑을 쥔 채 머뭇거렸다. 내가 직접 끼워주자 소주는 보슬보슬한 앙고라 장갑을 얼굴에 살짝 비볐다. 우리는 장갑을 한 짝씩 나눠 낀 채 솔방울이 가득 든 자루를 둘러메고 펑펑 내리는 눈을 맞으며 산길을 걸어 학교로 돌아왔다. 학교에 도착하자 소주는 장갑을 내게 돌려주었고, 내가 다시 껴보라고 해도 빙긋 웃으며 고개를 저었다.

소주가 보여준 흔들림 없는 친절과 애정에 비해 내가 그 애에게 가지고 있는 감정은 좀 복잡했다. 나는 소주가 나보다 훨씬 어른스럽고 마음도 넓은 훌륭한 아이라는 걸 인정하면서도 영감님이 대충 입혀주는 구질구질한 옷들과 어쩔 수 없을 만큼 초라한 도시락 반찬을 볼 때마다 유치한 우월감에 사로잡혔고, 그에 따라오는 만족감이 스스로에게 떳떳하지 못했으므로 때론 소주를 어찌 대해야 좋을지 몰라 일부러 차갑게 굴기도 했다. 또한 짓궂은 사내애들이 '병신'이니 '짝팔이'니 하면서 소주를 놀려댈 때마다 소주는 더 심한 욕지거리로 맞섰는데, 나는 소주의 입술에서 술술 흘러나오는 '씨발 새꺄'라든가 '좆까' 같은 단어가 몸서리쳐지게 싫었다. 그럴 때면 엄마 말마따나 소주가 나보다 훨씬 수준 낮은 애처럼 생각되었던 것이다.

그날도 친하게 지내는 친구 몇, 나와 소주, 서 장로님의 손녀 미정이, 미정이와 외사촌 간인 정현이, 꽤 알부자라 엄마가 틈틈이 돈놀이도 한다던 순임이가 빙 둘러서서 뭘 하고 놀아야 하나 궁리하고 있었다. 초등학교의 마지막 여름방학이었고, 드디어 어린 시절이 끝나간다는 안타까움에 우리는 방학 숙제도 내팽개친 채 매일 같이 모여 들로 산으로 쏘다니며 떠들썩하게 놀고 있었다.

"명지네 집에 가서 놀자."

순임이의 말에 아이들 모두 반색을 했다.

낡고 허름했던 목사관을 헐고 2층 건물로 새로 지은 것은 작년, 아빠가 초빙받아 올 때쯤이었다. 서울의 대형 교회에서 부목으로 재직하던 아빠가 이 시골까지 내려오기로 결정한 것은 그 새 목사관 때문이었다. 오랫동안 이어진 작은 셋집 생활에 엄마가 진저리를 냈던 것이다. 새 목사관은 미관은 전혀 고려하지 않은 새 붉은 벽돌로 네모지고 튼튼하게 지어 올렸을 뿐이었지만 동네의 그저 그런 농가들 사이에서는 단연 돋보였고, 아직까지 허름한 초가집에서 살고 있는 소주에겐 그야말로 천국 같은 장소였다. 소주를 비롯해서 친구들 모두 목사관에 놀러 오는 것을 큰 기쁨으로 여겼는데, 문제는 바로 엄마의 반응이 시큰둥하다는 것이었다.

엄마는 집에 내 친구들이 들락거리는 것을 늘 마지못해 용납했고, 그나마 식사 시간이 되도록 돌아가지 않을 때면 인상을 찌푸리고 입술을 삐죽대 내 맘을 불안하게 만들었다. 엄마는 특히나 소주를 싫어했다. 항상 소주더러 "계집애가 지나치게 반죽이 좋다."며 흉을 봤는데, 소주 '따위'가 목사관을 제집처럼 편히 여기는 게 영 못마땅한 모양이었다. 솔직히 엄마가 소주를 함부로 대할 때마다, 내 속에 자리 잡은 속물근성도 함께 고개를 치켜들어 가장 친한 친구의 기형적인 팔이 껄끄럽게 느껴지기도 했다. 하지만 소중한 친구가 굳이 우리 집에서 그런 냉대를 받아야 한다는 것이 괴롭기도 했으니, 이래저래 친구들이 집에 오는 게 꺼려질 수밖에 없었던 것이다.

"어…… 오늘은 좀 그래. 엄마가 편찮으시거든."

내가 자신 없는 말투로 웅얼거리자 반짝이던 소주의 표정이 금세 침울해졌다.

"야, 이 병신아! 뭐 하고 있냐?"

등 뒤에서 들려오는 날카로운 외침에 모두 돌아보았다. 석준이 녀석이 낡은 축구공을 발밑에 굴리면서 땅바닥에 침을 탁 뱉고 있었다.

박석준은 동네에서 망나니로 통하는 아버지 일석과 함께 거의 쓰러지다시피 한 초가집에서 살고 있었다. 일석이는 술만 먹었다 하면 맨발에 낫을 들고 뛰쳐나와 아무한테나 휘둘러댔지만, 멀쩡할 땐 여섯 살 꼬맹이가 "일석아."라고 부르며 쫓아다녀도 듬성듬성 빠진 누런 이를 드러내며 순하게 웃었다. 그러다 보니 일석이는 그냥 '일석이'로, 동네 사람 누구에게나 나이에 상관없이 이름으로 불리었다. 문제는 일석이가 술에 취해 있지 않은 날이 거의 없다는 것이었다. 석준이의 얼굴엔 멍 자국이 떠나지 않았고 초가집에선 간혹 그 애의 섬뜩한 울부짖음이 새어 나오기도 했다.

석준이는 성적도 영 신통치 않았고 무엇이든 열심히 하는 법이 없었다. 운동도, 청소도, 놀이도 늘 귀찮다는 듯 겉돌다 얼렁뚱땅

다른 애들에게 책임을 전가했지만 남자애들은 별 불만 없이 석준이의 말에 복종했다. 일석이에게 두들겨 맞아 맷집이 단련된 탓인지 몰라도 석준이는 맞고 때리는 것에 아무런 감정을 섞지 않았고, 그 때문에 남자애들은 석준이와 싸우는 것을 무서워했다.

이상한 것은 다른 일에 무관심한 석준이가 항상 소주에 대해서만큼은 다른 남자애들 이상으로 짓궂게 군다는 점이었다. 석준이는 소주와 마주치기만 하면 "병신 같은 년."이니, "짝팔이 년."이라며 뱀처럼 쉭쉭거렸고, 소주는 얼굴색 하나 바꾸지 않고 "멍나니 새끼."라거나 "그지 발싸개 같은 새끼."라면서 침을 뱉어주었다.

"걔네 집에 가면 걔네 엄마가 퍽도 좋아하겠다. 너 같은 짝팔이 병신이 자기 집 들락거리는 게 좋겠냐?"

석준이가 빈정거리자마자 우리는 당장 아는 욕이란 욕을 몽땅 쏟아냈는데, 정작 모두의 날카로운 목소리가 시끄럽게 엉키는 바람에 무슨 말인지는 하나도 알아들을 수 없었다. 내가 할 수 있는 욕이라곤 "이 새끼야." 정도였으므로, 소주가 된통 심한 욕이라도 퍼붓길 기대하며 곧 입을 다물었다. 하지만 소주는 아무 대꾸도 없이 가만히 서 있기만 했다.

"난 그냥 집에 갈게."

소주가 풀 죽은 목소리로 말한 후 정말로 가버리자 나는 가슴이 철렁 내려앉았다.

소주는 아무 내색도 하지 않았지만 실은 내 속마음을 알고 있는 건 아닌가 하는 생각이 들 때가 가끔 있었다. 하지만 소주가 내 어설픈 거짓말들을 쉽사리 믿어주었기 때문에 어느새 소주 편에서 생각해보는 일이 점점 줄어들었고, 순전히 내 편의에 따라 그 애를 불렀다 보냈다 했었다.

"저 개새끼가!"

미정이가 석준이를 노려보며 쏘아붙였지만 석준이는 귀를 후비적거리며 딴청을 했다. 나는 석준이에게 욕설을 퍼붓는 애들을 뒤로하고 서둘러 소주네를 향해 뛰어갔다.

소주네 집은 동네의 끝자락과 바람산이 마주하는 지점, 산기슭에 초라하게 자리 잡고 있었다. 동네 대부분의 집들이 개량하고 신축하는 동안에도 소주네 집은 여전히 쥐들이 들락거리는 초가지붕을 이고 군불을 때서 방을 덥히는, 몇십 년 전 지어진 그대로였고, 소주는 밥 한 끼 해 먹으려면 영감님이 부엌 구석에 쌓아놓은 나뭇단을 끄집어내 아궁이에 불을 지펴야 했다. 잔뜩 그을음이 묻어 온통 시커먼 천장의 나무 서까래는 용케 버틴다 싶게 낡을 대로 낡았고, 지붕에서 편히 살고 있을 몇십 마리의 쥐 새끼들은 시도 때도 없이 집 안 여기저기를 제멋대로 돌아다녔다. 몹시 추운 겨울에도 마당의 펌프에서 퍼 올린 얼음같이 차가운 물로 세수며 머리 감기며 쌀 씻기를 다 해야 했던 소주는, 추위도 타지 않고 한 팔만으로 그 모든 일을 척척 해냈다.

마침내 소주네 집에 도착했지만 나는 선뜻 안으로 들어가지 못하고 마당에서 머뭇거렸다. 댓돌 위에 소주의 운동화와 나란히 놓여 있는 영감님의 흰 고무신이 보였던 것이다. 나는 방문 가운데 조그맣게 나 있는 유리 구멍으로 방 안을 슬쩍 들여다보았다.

방바닥이 문갑 서랍에서 마구 끄집어 내놓은 듯한 여러 가지 잡동사니로 어질러져 있었고, 소주는 영감님이 과수원에 일하러 나갈 때 쓰는 하얀 목장갑 한 쌍을 들고 앉아 있었다. 곁에 있던 영감님은 소주가 우는 것을 잠자코 지켜보다가 주섬주섬 반짇고리를 꺼내 들었다. 그러고는 팔이 없이 펄렁거리는 소주의 왼팔 소매 끝에 소주가 들고 있던 목장갑 하나를 대고 정성스레 바느질하기 시작했다. 영감님이 바느질을 끝내고 이빨로 실을 뚝 소리 나게 끊어버리자 소주는 왼팔 소매를 슬며시 들어보았다. 펄럭거리는 빈 소매 끝에 매달려 있는 목장갑보다 그걸 보고 웃는 소주와 영감님의 얼굴이 더 슬펐다. 영감님이 소주의 등을 부드럽게 쓰다듬어주자 소주는 영감님의 어깨에 머리를 기댄 후 소리를 내며 울기 시작했다.

나는 가만히 소주네 집을 나와 오솔길을 따라 걸었다. 그러고는 불쑥 양손을 치켜들고 열 개의 손가락을 쭉 펴보았다. 시야에 잡힌 손가락들이 구불거리며 형태가 희미해져서야 내가 흐느끼고 있다는 것을 알았다.

석준

학교 운동장 주위에 담 대신 빙 둘러서 있는 플라타너스 나무들은 견뎌온 세월만큼 무수한 가지와 잎사귀를 드리운 채 당당하게 서서 여름엔 짙푸른 녹음과 함께 시원한 그늘을, 가을엔 주홍빛 낙엽들을 뿌려댔다. 청소 시간이 되면 서른 명 남짓한 5, 6학년 남자애들은 빗자루를 하나씩 치켜들고 뛰어나가 운동장 가득 굴러다니는 낙엽들을 그러모아 불태웠다. 봄여름엔 쓸어 담을 나뭇잎이 얼마 없으므로 자기들끼리 어울려 놀기 바빴지만, 가을이 되면 바람이 한번 불 때마다 쏟아지는 낙엽들을 쫓아다니느라 진이 다 빠졌다.

여름방학도 끝나고 하늘이 저만치 높아져버린 가을이 시작됐을 무렵, 나는 운동장을 향해 있는 교실 창문을 닦으면서 남자애들의 모습을 지켜보고 있었다. 아이들 모두 쏟아져 내리는 낙엽들을 허우적대며 쓸어 담고 있었는데, 오직 석준이만 손을 멈춘 채 한구석에 서서 고개를 들고 무언가를 뚫어지게 쳐다보고 있었다. 그 애가 보고 있는 것이 무엇인지 궁금해졌으므로 창을 들어 올린 후 석준이의 시선이 향하는 곳을 쳐다보았다. 하늘 저 멀리 높은 곳에 비행기 한 대가 날아가고 있었다.

석준이는 키가 컸는데 너무 말라서 실제보다 작아 보였다. 얼굴과 몸은 잘 씻지 않아 늘 때가 꼬질꼬질 끼어 있었고, 마구 자라난 더러운 머리카락은 날카로운 눈매를 반쯤 덮고 있었다. 계절에 상관없이 늘 입고 다니는 청바지는 이젠 원단 색이 어떤지조차 알아볼 수 없을 정도로 지저분했다. 외양의 더러움은 실제 석준이의 생김새가 어떤지 도통 알 수 없게 만들어서 한동네에서 함께 자라온 아이들도 그 애의 얼굴 모양을 떠올리려면 한참 동안 기억을 더듬어야 했다.

다시 한 번 바람이 불자 낙엽들이 우수수 쏟아져 내렸고 석준이의 덥수룩한 머리카락이 나풀거리며 감춰져 있던 얼굴이 훤히 드러났다. 나는 처음으로 보는 그 애의 넓은 이마와 가느다란 눈, 길쭉한 콧대를 세심히 뜯어봤다. 본디 피부색이 까만 건지, 아니면 원래 하얀데 때가 끼어서 까매 보이는 건지조차 알 수 없었기 때문에 정확한 인상을 짚어내기는 힘들었다. 마침내 비행기가 구름 저 너

머로 사라졌지만 석준이는 그 자리에서 꼼짝도 하지 않고 계속해서 하늘을 올려다보았다.

석준이가 한 사흘을 무단결석하자 담임선생님이 종례가 끝난 후 나를 불렀다.

"반장. 석준이네 집이 네 집에서 가까웠던가? 오늘 한번 가봐라. 괜히 학교 안 나오고 그럼 선생님이 혼꾸녕 내줄 거라 전하고."

귀찮다는 듯 말하던 선생님은 잠시 생각하다 덧붙였다.

"혹시 어디 아프거나 뭔 일 있는 거면 와서 선생님한테 알려주고."

석준이의 무단결석은 어제오늘 일이 아니었다. 설령 아파서 부득이 학교를 빼먹었다 해도 학교에 연락을 해줄 일석이가 아니었고, 석준이는 딱히 아픈 데가 없어도 걸핏하면 학교에 나오지 않았다. 선생님은 석준이를 다그치기도 하고 어르기도 했으며 엉덩이가 터지도록 때려도 봤으나 돌아온 건 찍소리 하나 없는 무반응뿐이어서 결국 석준이를 철저히 무시하게 됐다. 별로 내키지 않으면서도 반장으로서 해야 할 일이라는 데 생각이 미치자 나는 마지못해 고개를 끄덕였다.

"명지야, 나랑 같이 가자. 갔다가 일석이랑 마주치거나 그럼 어떡해?"

가방을 챙기고 있는데 소주가 곁에 와서 걱정스럽게 말했다.

석준이네 집은 목사관과 가깝다면 가깝고 멀다면 멀었다. 위치상으로는 내 방에서 석준이네 지붕이 내려다보일 정도였지만 중간에 꽤 큰 비닐하우스 밭이 버티고 있어 실제로 찾아가려면 길게 자란 수풀 사이로 가늘게 나 있는 오솔길을 따라 한참을 둘러 가야 했다. 동네 사람들 대부분은 석준이네 집이 흉가라도 되는 것처럼 근처에 얼씬도 하지 않았다. 술 취한 일석이와 불쑥 마주치게 되는 건 생각만 해도 오싹했던 것이다. 만에 하나 일석이가 집에 있는 낌새가 보이면 바로 도망치자고 다짐을 한 후 소주와 나는 약간 긴장한 채 석준이네 집을 찾아가고 있었다.

"넌 석준이네 가본 적 있어?"

문득 궁금해져 묻자 소주가 고개를 끄덕였다.

"어렸을 때 몇 번. 석준이가 어렸을 땐 지금하고 좀 달랐어. 그때만 해도 일석이가 그렇게 술을 많이 먹지 않았거든. 같이 개울에서 멱 감고 놀다가 산에도 놀러 가고, 우리 집 과수원에서 복숭아도 얻어먹고 그랬어. 근데 한 3학년쯤 되면서부터 애가 진짜 이상해졌어. 말도 잘 안 하고 나한테 막 병신이라 그러고, 할아버지랑 마주쳐도 싹 모른 척해버리더라고."

뭔가 안타까운 기분이 들었는지 소주가 기억을 더듬으며 한숨을 쉬었다.

마침내 도착한 석준이네 집은 지붕 한쪽이 푹 꺼져 있어 금방이라도 무너져 내릴 것 같은 위태위태한 모습이었다. 더럽고 좁은 마당 안에는 깨진 플라스틱 바가지와 술병 같은 것들이 엉망으로 자란 잡풀 사이를 굴러다니고 있었고, 군데군데 부서진 흙벽에 찢어진 문풍지까지 너덜거려 음산하기 그지없었다. 나와 소주는 선뜻 안으로 들어서지 못하고 사립문 밖에서 석준이의 이름을 몇 번 불러보았으나 아무런 기척도 없었다. 우리는 잠시 불안하게 눈길을 주고받다 마당 안으로 들어갔다.

"박석준! 야! 박석준!"

소주가 제법 큰 소리로 이름을 불러봐도 집 안은 조용하다 못해 으스스하기까지 했다. 나는 약간 무서워졌으므로 소주에게 그만 돌아가자고 말할 요량으로 고개를 돌리다 댓돌 위에 놓여 있는 더러운 운동화를 발견했다. 소주 역시 내 어깨를 툭 치며 고개로 댓돌을 가리켰다. 우리는 잠시 망설이다 마루 위로 올라가 조심스럽게 방문을 열었다. 녹슨 경첩에서 나는 삐이익— 쇳소리가 고요한 공기에 천둥처럼 울렸다.

어두침침한 방 안의 모습을 전혀 구별할 수 없어 우리는 잠시 문지방 앞에 서 있었다. 하지만 곧 역한 지린내가 훅 하고 풍겨 왔다. 차츰 방 안의 어둠에 눈이 익숙해지자 이불을 덮고 엎드려서 자고 있는 석준이의 모습이 보였다.

"어디 아픈가 봐."

소주가 귓속말로 소근거렸다. 나는 더러운 베개에 고개를 모로 누이고 깊은 잠에 빠져든 석준이를 내려다보았다. 울다가 잠이 들었는지 땟국물 몇 줄기가 뺨에 기다란 자국을 남겨놓았고 속눈썹에는 아직도 눈물방울이 맺혀 있었다.

"근데, 참 불편하게도 잔다."

소주가 이상하다는 듯 고개를 갸웃거렸다. 석준이는 엎드린 채 팔을 쭉 뻗어 치켜든 자세로 누워 있었는데, 어찌 보면 꼭 헤엄을 치고 있는 것 같았다. 방 안의 지린내는 석준이가 덮은 이불에서 풍겨 나오고 있었다. 일석이가 술에 취해 쓰러졌을 때 오줌을 지린 모양인지 이불이 온통 누렇게 얼룩져 있었다. 게다가 방 안에는 먹다 남은 라면 냄비와 김치 그릇 같은 게 그냥 방치돼 있어 지린내와 섞이면서 뭐라 형언할 수 없는 악취를 풍기고 있었다. 벽에 대충 박아놓은 못들에는 일석이와 석준이의 우중충한 옷가지 몇 개와 혁대 같은 게 죽 걸려 있었고, 그 밖에는 안에 뭐가 들었는지 알 수 없는 라면 상자 몇 개가 살림의 전부였다.

나는 방 안을 죽 둘러보다 무심코 석준이의 팔에 시선이 머물렀다. 가느다란 양 손목에 검붉은 자국이 있었다. 내가 소주에게 그곳을 가리키며 묻듯이 쳐다보자 소주 역시 눈이 휘둥그레지면서 석준이의 손목을 바라보았다.

"좀 더 가까이 가보자."

소주가 용감하게 말했다. 우리는 주춤거리며 석준이의 곁으로 다가앉았다. 나는 이불 대신 덮을 다른 뭐가 없을까 다시 방 안을 둘러보았다. 소주도 같은 생각을 했는지 못에 걸려 있던 일석이의 국방색 우비를 벗겨 왔다. 그것도 그리 깨끗하다곤 할 수 없었지만 이불에 비하면 양반이었다. 우리는 조심스레 석준이가 덮고 있는 이불을 걷어냈다.

석준이는 아무것도 걸치지 않은 알몸이었다. 남자애의 알몸을 보고 있다는 충격에서 벗어나자 곧 석준이의 등 전체에 시뻘겋게 부풀어 올라 있는 상처가 보였다. 피가 맺히고 피부가 벗어진 그 상처들은 유난히 화려하고 불길한 빛깔을 지닌 독사처럼 똬리를 틀고 있었다. 내가 파랗게 질리자 소주는 가만히 내 손을 잡아준 후 더욱 조심스럽게 이불을 완전히 걷어냈다.

"몸이 불덩이 같아."

소주가 속삭였다. 굳이 몸에 손을 대보지 않아도 후끈한 열기가 느껴질 정도였다. 석준이는 잠이 든 게 아니라 열과 고통에 들떠 실신한 상태였던 것이다.

"그냥 뒀다간 독이 올라 큰일 날 거야. 된장이라도 발라줄까? 어떡하지?"

나는 얼른 고개를 가로저었다. 이곳에서 만병통치약처럼 사용되는 된장의 효과가 늘 미심쩍었다.

"우리 집에 상처에 바르는 약이 있어. 가서 가져올 수 있을 거야. 근데 약 가지고 될까?"

우리는 겁에 질린 채 말없이 서로 쳐다보았다. 누군가에게 도움을 청해야 한다는 생각은 들었으나 평소 어른들의 석준이에 대한 무관심이 생각나자 자신이 없어졌다.

"일단 넌 집에 가서 약 가지고 오고, 혹시 쌀도 좀 가져올 수 있을까? 죽 좀 끓이게. 난 여기서 방이라도 대충 치우고 있을게."

소주가 말했다.

"그러다 일석이라도 오면 어떡해?"

"일석인 보통 한번 나가면 일주일 넘게 안 들어올 때가 많아. 오늘이 사흘째잖아."

그래도 내가 선뜻 자리를 뜨지 못하고 망설이자 소주가 든든히 다짐했다.

"걱정 마. 일석이가 와서 지랄하면 잽싸게 도망치지 뭐. 너랑 엇갈리지 않게 너희 집 쪽으로 달려갈게. 알았지?"

나는 두말 않고 일어서서 석준이네 집을 나와 우리 집을 향해 뛰어가기 시작했다.

엄마와 마주치면 어쩌나 맘을 졸이며 집으로 들어섰지만 집 안은 언제나처럼 깔끔하게 정리된 채 한적했다. 아마 교인 집에 심방이라도 간 모양이었다. 나는 안방으로 들어가 장에서 구급상자를 찾아내 열어보았다. 소독약과 거즈, 붕대가 모두 있었고 상처를 덧나지 않게 해주는 연고도 있었다. 마음을 놓으면서 주방으로 들어가 쌀을 한 봉지 퍼 담고 찬장을 뒤져 햄이랑 치즈, 과일 통조림, 초콜릿, 비스킷 같은 것도 챙겨 넣었다. 엄마가 금방이라도 돌아올 것 같아 마음이 급하면서도 메모지를 꺼내 '친구들과 실과 실습해요.

찬장에서 음식들 가져가요. 늦을지도 모르니 걱정 마세요.'라고 또박또박 적어 넣었다. 괜히 엄마의 예민한 신경을 건드릴 필요가 없다고 생각했다. 나는 꽤 묵직해진 비닐봉지와 구급상자를 들고 다시 석준이의 집으로 향했다. 쾌적하고 안락한 우리 집을 보고 나니 석준이의 집에서 보았던 모든 것이 더욱 믿기지 않았다.

소주가 그사이 환기를 시켰는지 방 안의 역한 냄새가 많이 가셔 있었고, 설거지 그릇들과 방 안을 굴러다니던 술병들도 모두 치워져 있었다. 석준이는 여전히 기척도 없이 엎드려 있어서 우리는 우비를 살짝 걷어내고 소독약을 꺼내 우선 등 부위의 상처를 닦아내기 시작했다. 약이 상처에 닿자 석준이의 몸이 움찔했고 우리는 깜짝 놀라 잠시 손을 멈췄다. 하지만 석준이는 다시 아무런 반응도 보이지 않았다. 약을 계속 바르면서 소주에게 작은 목소리로 물었다.

"대체 뭐로 때리면 이렇게 되는 거야?"

"청소하다 봤는데 혁대에 피가 묻어 있더라."

소주가 끔찍하다는 듯 인상을 찡그리며 말했다.

"창규한테 얼핏 들었는데, 석준이가 체육복을 절대로 애들이랑 같이 갈아입질 않는다는 거야. 늘 애들이 다 갈아입고 운동장으로 나간 뒤 혼자서 갈아입는대. 창규 말로는 몸에 때가 너무 많으니까 창피해서 그러는 거라더라. 근데……."

등 소독을 마치고 우리는 잠시 망설이다 우비를 좀 더 걷어 내렸다. 엉덩이도 등처럼 상태가 심각했기 때문에 부끄러움 같은 걸 따질 때가 아니었다. 그래도 내가 손을 대지 못하고 얼굴을 붉히자 소주가 먼저 용감하게 소독을 시작했다. 그러다 눈살을 찌푸리면서 손가락으로 항문 부위를 가리켰다.

"이거 좀 봐봐. 여기에서 피가 났나 봐. 변빈가?"

확실히 다른 상처와는 다른, 항문에서부터 흘러내린 두 가닥의 핏줄기가 엉덩이에 말라붙어 있었다.

"변비 때문은 아닌 거 같아. 일석이가 뭔가 한 게 아닐까?"

내가 부르르 떨며 말하자 소주의 안색도 창백해졌다.

연고를 다 바르고 소주는 죽을 끓이러 부엌으로 나갔다. 나는 손수건을 꺼내 물을 적셔 석준이의 얼굴을 가만가만 닦아준 후 펄펄 끓는 이마에 얹어주었다. 그리고 뭐든지 세심히 관찰하는 평소의 습관대로 석준이의 이목구비를 찬찬히 뜯어보았다.

석준이의 얼굴형은 남자애치고는 작고 갸름한 편이었다. 눈썹은 숱이 적은 편이어서 옅은 회색을 띠었고 약간 위로 치켜 올라간 길쭉한 눈에 길고 가는 속눈썹이 촘촘히 달려 있었다. 입술 모양이 매우 특이했는데 위로 들려 올라간 투박한 윗입술이 전체적으로 섬세한 얼굴의 조화를 단번에 깨뜨렸다. 하지만 선이 가는 석준이의 얼굴에 사내애다운 느낌을 주는 것 또한 지나치게 커 보이는 그 입술이었다.

소주가 다 찌그러진 냄비에 흰죽을 끓여서 들고 왔을 때, 이미 방 안은 어둑해져 있었다.

"밥상도 없어. 그냥 바닥에 놓고 먹나 봐."

소주가 죽 냄비를 라면 상자 위에 올려놓으며 말했다.

"어떡하지? 아직도 정신을 못 차리네. 해열제도 먹어야 하는데."

내가 걱정스럽게 말하자 소주가 흥분한 표정으로 입을 열었다.

"내가 생각을 좀 해봤는데, 여기 계속 있게 할 순 없어. 일석이가 또 술이라도 처먹어봐. 진짜 큰일 날지도 몰라."

"그럼 어쩌지?"

"그러니까…… 어떻게든 해야지."

소주가 답답해하며 말했다.

석준이가 일석이에게 얻어터지고 있다는 것을 모르는 사람은 하나도 없었다. 다만 석준이의 고통은 그냥 일상이어서 새삼스러울 것이 전혀 없었던 것이다. 석준이를 도와줄 사람이 누가 있을지 열심히 생각해봤지만 아무도 떠오르지 않았다.

"……저기, 아빠한테 말해볼까?"

나는 마지못해 한 말이었지만 소주의 눈이 반짝하고 빛났다. 내가 몇 살만 더 어렸더라면 아빠가 석준이를 도와줄 것이라 믿었을지도 모른다. 그러나 나는 아빠가 그런 사람이 아니라는 것을 알고 있었고, 목사라고 해서 그런 사람이 되는 게 아니라는 것도 알고 있었다. 하지만 우리 아빠에 대해 잘 모르는 소주는 뛸 듯이 기뻐했다.

"그러자! 목사님한테 말하는 게 제일 좋겠다!"

"야!"

갑자기 들려온 외마디 고함에 소주와 나는 너무 놀라 펄쩍 뛰어 올랐다. 석준이가 윗몸을 약간 일으킨 채 우리를 노려보고 있었다.

"누, 누구한테든 이, 이거 말했다간 내가 가만 안 둘 줄 알아."

더듬거리며 말하는 석준이의 눈에서 눈물이 죽 흘러내렸다. 소주가 얼굴을 붉히며 대꾸했다.

"너 이대로 가단 정말 맞아 죽을지도 몰라. 일석이가, 아, 아니, 아저씨가……"

"다 필요 없어!"

석준이가 소리를 빽 지르자 소주는 당황해하며 나를 바라보았다.

우리는 석준이가 그렇게 흥분하는 모습을 본 적이 없었다. 석준이는 흥분이나 기쁨, 분노, 슬픔 같은 일반적인 감정이 아예 없는 사람처럼 늘 냉담했고, 어찌 보면 멍청해 보일 만큼 무덤덤했다. 그래서 아이들은 물론이고 선생님까지도 석준이의 둔하고 느린, 아니면 아예 없다시피 한 반응들이 머리가 나쁘기 때문이라 여기고 있었다.

"빨리 꺼져!"

석준이가 다시 소리 질렀다.

"아, 아무한테도 말하지 않을게."

내가 얼른 더듬거리며 말했지만 석준이는 나를 매섭게 노려보았다.

"절대로 말하지 않을 거야. 약속해."

나는 다시 한 번 다짐했는데, 사실 말할 만한 사람도 없었다.

"이거 죽인데 좀 먹어봐."

소주가 허겁지겁 죽 그릇을 내밀었지만 석준이는 본 척도 하지 않고 그대로 다시 엎드렸다.

"야, 이거 좀 먹으라니까? 배 안 고파?"

베개에 얼굴을 파묻고 있던 석준이가 갑자기 울음을 터뜨렸다. 나와 소주는 점점 더 당황해서 서로 어째야 되나 눈치를 살폈다. 소주가 죽 그릇을 내려놓더니 내 어깨를 툭 친 후 일어섰다.

"오늘은 이만 갈 테니까 여기 죽 먹고 약도 챙겨 먹어. 내일 다시 올게."

"씨팔, 다신 오지 마!"

석준이가 울면서도 소리를 꽥 질렀다. 하지만 소주는 들은 척도 하지 않고 내 손을 잡고서 방을 나왔다.

"석준아! 약 먹기 전에 죽 꼭 먹어라!"

마당에 서서 소주가 방을 향해 소리를 질렀지만 방에서는 아무 소리도 들리지 않았다.

"우리가 지 궁둥이를 봐서 무지 쪽팔리나 봐."

소주가 내게 작은 목소리로 속삭였다.

다음 날 선생님에게 석준이가 지독한 몸살로 아프다고 간단히 전한 후 앞으로도 며칠은 집에서 쉬어야 할 것이라고 했다. 선생님은 고개를 끄덕이더니 더 이상 안부도 묻지 않고 곧바로 수업을 시작했다. 점심시간이 되자 소주가 슬그머니 다가와 눈짓을 했다. 우리는 운동장으로 함께 나가 플라타너스 나무 밑에 있는 차가운 돌 벤치에 앉았다.

"일석일 그냥 두면 안 돼! 무슨 수를 써야 돼!"

소주가 열을 내며 소리쳤다.

"……근데 일석이가 잘못되면 석준이는? 가족이라곤 둘뿐이잖아."

"그야, 뭐……."

소주가 숨을 들이마시며 말끝을 흐렸다. 나는 발끝으로 애꿎은 흙만 툭툭 건드리면서 한숨을 쉬었다.

"석준이 가져다주려고 엄마한테 도시락을 좀 많이 싸달라고 했어. 둘 다 조퇴하면 이상하다고 생각할 테니까 둘 중 하나만 먼저 가자."

"내가 갈게. 안 그래도 오늘 가서 집 안 대청소랑 이불 빨래도 해야겠다고 생각했어."

"혼자 그걸 다 어떻게 해?"

팔랑거리는 소주의 왼 소매를 걱정스럽게 바라보며 말하자 소주는 밝게 웃으며 대답했다.

"참 내. 우리 집 살림을 누가 다 하는지 잊었어? 너보다 내가 백

배는 나을걸?"

소주의 미소를 보니 마음이 한결 놓였다.

나는 학교가 끝나자마자 서둘러서 석준이의 집으로 향했다. 혹시 일석이가 돌아와 있으면 어쩌나 싶은 걱정 때문에 마음이 불안해서 뛰다시피 길을 재촉했다. 하지만 석준이네 마당에 들어섰을 때, 생각지도 못한 광경과 맞닥뜨렸다.

벌거벗은 석준이가 쉴 틈 없이 펌프질을 해대며 물을 끼얹고 있었다. 옆에서 소주가 소리를 지르며 말리고 있었지만 석준이는 아랑곳하지 않았다. 제법 선선한 초가을 바람에 온몸이 새파랬고 등에 붙여두었던 거즈들도 모두 떨어져 있었다.

"야! 너 왜 그래? 미쳤어?"

소주가 악을 쓰면서 바가지를 잡아채려고 버둥거렸다. 석준이는 소주를 세차게 밀쳐냈고, 그 바람에 소주는 균형을 잃은 채 뒤로 나뒹굴고 말았다. 이미 여러 번 그랬던 듯 소주도 흠뻑 젖어 있긴 마찬가지였다. 나는 달려가서 소주를 안아 일으켰다. 소주는 나를 보자 와앙 하고 울음을 터뜨렸다.

"왜 그래? 무슨 일이야?"

"나도 몰라. 나 올 때부터 계속 저러고 있는 거야. 아무리 말려도 듣질 않아."

나는 필사적으로 물을 퍼붓고 있는 석준이를 바라보았다. 냉기 때문에 오그라든 석준이의 성기가 또렷이 보였지만 더럽거나 기분

나쁘다는 생각은 들지 않았다.

"저러다 죽겠어!"

소주가 울면서 소리쳤다. 우리는 벌떡 일어나 석준이에게 뛰어갔다. 석준이가 뿌려대는 물이 사방으로 튀면서 쏟아졌다. 우리는 양쪽에서 석준이의 팔을 힘껏 붙잡았다. 석준이는 팔을 뿌리치려고 버둥거렸지만 힘에 밀려 더 이상 물을 끼얹지는 못했다. 석준이가 어찌나 덜덜거리던지 껴안고 있는 우리까지 온몸이 떨릴 정도였다.

우리는 석준이를 앞뒤로 단단히 감싸 안은 채 천천히 걸음을 옮겼고 그 애는 별다른 저항 없이 휘청휘청 따라왔다. 몸이 얼음장 같았다. 나는 석준이를 방에 엎드리게 한 후 못에 걸려 있던 옷가지들을 모조리 꺼내 닥치는 대로 덮어주었다. 그리고 소주가 허겁지겁 찾아온 마른 수건으로 재빨리 물기를 닦아낸 다음 심하게 떨고 있는 석준이의 몸을 문질러댔다.

"방에 불을 지펴야겠어. 땔감을 모아 올 테니 넌 여기서 상처를 좀 봐줘."

소주가 다급하게 방을 나간 후에도 나는 계속해서 석준이의 팔다리를 주물렀다. 그 애의 팔다리는 작은 내 손이 어렵지 않게 쥘 수 있을 정도로 말라 있었다. 밖에서 달그락거리는 소리가 나더니 잠시 후에 방 안이 서서히 덥혀지기 시작했다. 소주가 바람처럼 땔감을 모아 온 모양이었다. 나는 옷가지들을 조심스레 들쳐 보았다.

벌겋게 부어오른 상처들이 금방이라도 터져 나올 듯 화기를 뿜어냈고 찢어진 피부 틈새는 더욱 벌어져 있었다. 나는 떨리는 손으로 연고를 꺼내 상처 부위에 꼼꼼히 바르기 시작했다. 석준이는 그대로 엎드린 채 어깨를 들썩이며 아주 오래도록 흐느꼈는데, 나까지 코끝이 시큰해질 만큼 슬픈 울음소리였다.

다행히도 석준이의 상처는 이틀 정도 지나자 곪거나 덧나지 않고 진정되는 기미가 보였다. 석준이는 다시 물을 뒤집어쓰지도 않았고 우리가 챙겨주는 대로 묵묵히 치료를 받았다. 석준이의 태도가 너무 고분고분했기 때문에 우리는 마치 남동생을 돌보는 듯한 착각이 들었다. 석준이가 전혀 관심 없어 하는데도 나는 그 애가 빼먹은 수업 내용을 정리해서 따로 노트를 만들어주었다. 소주는 살림꾼다운 솜씨를 유감없이 발휘해, 한 채밖에 없는 이불은 말끔히 세탁되어 석준이의 몸에 덮였고 몇 개 안 되는 그릇들도 깨끗이 정리됐다. 마당의 쓰레기들과 잡풀들이 사라졌으며 아궁이와 솥단지도 반들반들 윤이 나게 닦였다. 나는 나대로 햄이나 달걀, 냉동 만두, 과사 같은 것을 표 나지 않게 덜어내서 석준이의 집으로 가져갔고, 그걸로 소주가 상을 차리면 몸을 일으킬 수 있게 된 석준이와 함께 셋이 나눠 먹었다. 석준이는 이상할 정도로 순하게 행동했는데, 이전의 거친 모습과는 전혀 딴판이어서 가끔씩 소주의 농담에 피식 웃기도 했다.

들판의 벼들이 황금색으로 익어가고 바람산의 밤나무들은 실하게 영근 밤톨들을 뿌려댔으며 감나무엔 진홍빛 감들이 매달렸다. 마을 어디에나 지천으로 흩어져 있는 코스모스들은 흰빛, 분홍빛, 자줏빛으로 피어올라 지나가는 바람결에 자신들의 씁쓸한 향내를 실어 보냈다. 우리 집 광엔 교인들이 저마다 수확해서 가져온 밤과 감, 포도 같은 것들이 산더미처럼 쌓여갔고, 엄마는 친척들을 불러 그것들을 나눠주느라 분주했다. 한 해 중 가장 바쁘면서도 풍성한 계절이었지만 나와 소주는 석준이를 찾아갈 때마다 혹시 일식이가 돌아와 있는 건 아닌가 하고 마음을 졸여야 했다.

"근데, 너 정말 중학교는 안 갈 거야? 선생님이 걱정하더라."

우리가 석준이의 집에 드나든 지 꼭 여드레째 되던 날 저녁, 소주가 아물어가는 석준이의 등 상처에 약을 발라주며 물었다.

"안 가. 난 일해서 돈 벌 거야. 어차피 다닐 돈도 없고."

석준이가 단호하게 말했다.

"하지만 중학교도 안 나오고 무슨 일을 할 수 있겠어? 안 그래?"

내가 현실적으로 말하자 소주도 얼른 고개를 끄덕였다.

"싫어. 난 돈 벌 거야. 그래서 백만 원만 모이면 여길 나갈 거야."

석준이가 자기 생각을 분명하게 얘기한 건 처음 있는 일이어서 소주와 나는 신기한 기분으로 그 애의 말을 들었다. 내가 어디로 갈 생각이냐고 묻자 석준이는 한동안 생각에 잠겼다.

"나도 몰라. ……그냥, 어디든."

소주가 내 팔을 툭 쳤다. 나는 더듬거리며 입을 열었다.

"음……. 저, 저기, 내가 아빠한테 이야기를 해봤는데……."

석준이의 얼굴이 붉어지면서 금세 눈에 핏발이 섰다. 나는 황급히 말을 이었다.

"아, 아니, 그러니까 내 말은 이 얘기를 했다는 게 아니라 네가 중학교에 진학하지 못할 것 같다고, 교회에서 장학금 형식으로 지원해줄 수 없겠냐고 물어봤다고. 그랬더니……."

이번엔 내 얼굴이 붉어졌다. 나는 약간 주저하다 말을 끝냈다.

"아빠 말씀이 네가 교회에 다시 나온다면 장로님과 의논해보겠다고 하셨어."

석준이는 갑자기 웃음을 터뜨렸다. 그 웃음소리에는 사람의 비위를 긁는 듯한 싸늘함이 섞여 있어 소주와 나는 할 말을 잃은 채 묵묵히 앉아만 있었다.

다음 날, 소주와 나는 등굣길에 동네로 막 들어서는 일석이와 딱 마주쳤다. 한 손에는 뭐라도 사 들고 온 건지 검은 비닐봉지가 들려 있었고 술에 취해 있진 않았다. 순해 보이는 일석이의 웃음을 보자 소름이 끼쳤다.

폭우

나는 책상 앞에 앉아 스케치북을 꺼냈다. 그 스케치북에는 목사관 옥상에서 내려다보이는 짙은 암녹색 전나무 세 그루, 마당에서 본 까치 두 마리, 동네 앞을 흐르는 개울과 버드나무들, 바람산에서 내려다보이는 들판과 코스모스 한들거리는 도로, 낡은 학교 건물과 낙엽 흩날리는 플라타너스 나무들, 꽃이 활짝 핀 복숭아나무와 구불거리며 자란 포도나무, 목장에서 여물을 먹고 있는 젖소, 동네를 감싸 안고 있는 바람산 같은 것들이 빼곡히 차 있었다.

책상 위에는 방금 마당에서 따 온 국화 한 송이가 놓여 있었다. 나는 국화꽃의 스케치를 끝내고 수채화 물감을 꺼내 레몬옐로, 프러시안블루, 다크브라운을 찾아 팔레트에 짜낸 뒤 붓에 묻혀 색칠을 시작했다. 무엇으로도 국화 본래의 색을 낼 수는 없지만, 국화처럼 보이게 만들 수는 있었다. 그러기 위해서는 어두운 파랑과 짙은 고동, 그리고 암녹색이 필요했다. 국화에 생기를 불어넣는 것은 밝은 빛이 아니라 국화가 드리우고 있는 짙고 어두운 그림자였다.

한참 동안 그림을 그리다 문득 고개를 들었다. 벌써 방 안이 어둑했다. 나는 붓을 내려놓고 창가로 가보았다. 내 방 창으로는 석준이네 초가지붕이 바로 내려다보였다. 엷은 밤의 장막이 내려앉은 허술한 지붕을 보면서 가슴이 답답해졌다. 일석이가 돌아온 후 소주와 함께 석준이의 집을 몇 번 찾아가 보았었다. 하지만 다시 엉망이 돼버린 집 안 어디에도 석준이의 흔적은 없었다. 담임선생님은 석준이가 이대로 계속 결석한다면 출석 일수가 부족하기 때문에 졸업을 못 할 수도 있다고 했다.

"목사님! 아이구, 우리 양 목사님! 이놈이 죽일 놈입니다요."

갑자기 거칠면서도 혀가 풀린 목소리가 거실 쪽에서 시끄럽게 울려 퍼졌다. 나는 깜짝 놀라 방문을 열어보았다. 일석이가 술에 취할 대로 취해 불그스름한 얼굴로 거실 한가운데 서 있었다. 맨발로 어딜 싸돌아다니다 왔는지 새카맣게 때가 낀 발톱과 흙 묻은 발가락 사이로 구정물이 줄줄 흘러내렸고, 비가 오지 않는데도 석준이를 덮어주었던 커다란 우비를 걸치고 있었다. 저녁을 준비하던 엄마는 벌어진 입을 다물지 못한 채 한 손에 국자를 들고 주방 입구에 서 있었고, 내일 있을 설교 준비에 정신이 없던 아빠도 너무 놀라 말없이 서 있기만 했다.

목사관을 신축할 때 교인들은 일부러 대문을 따로 만들지 않았다. 목사관이라면 교인 누구나 편하게 드나들 수 있어야 하는데 대문이 있으면 아무래도 그러기 힘들 것이라 판단했기 때문이었다. 덕분에 실수로 현관문을 잠그지 않았을 경우 일석이처럼 소리도 없이 집 안으로 들어오는 게 가능했다.

일석이는 눈물을 뚝뚝 흘리면서 대뜸 거실에 무릎을 꿇고 앉았다.

"지가 말입니다, 크흐흐흐흑……"

"그래, 무슨 일 때문에 그러십니까?"

아빠가 당황한 목소리로 물었다. 일석이가 고개를 들고 아빠를 쳐다보았는데 눈물과 함께 더러운 콧물이 흘러내리고 있었고 눈자위는 황달 때문에 누런 데다 핏발까지 서 있었다. 그 안의 눈동자는 완전히 빛을 잃은 지 오래여서 뱀이 더 이상 쓸모없어 벗어두고 간 허물처럼 보였다. 더러운 입에서 풍기는 술 냄새가 어찌나 지독한지 목사관 전체가 삽시간에 썩는 듯한 술 냄새로 가득 찼다.

"목사님도 아시겠지만…… 이놈이 죽일 놈입죠. 이놈도 이제…… 사람답게 살아보고…… 싶단 말입니다. 근데, 이젠 정신…… 차리고 살아보려고 해도…… 그 마귀 새끼가 날 붙잡고 놓아주질 않는단 말입니다. 예, 그럽죠. 이게 다…… 그 마귀가 시키는 거라니깐요. 목사님이 절…… 좀 도와줍쇼. 마귀 새끼를 좀 쫓아 보내달라구요. 어흐흐흑."

일석이는 혀 꼬부라진 목소리로 띄엄띄엄 울부짖었다. 그런데 그 꿇어앉은 품새하며 과장된 목소리, 애걸하듯 위로 추켜올린 양손까지 모든 게 지나쳐서 내 눈엔 술에 취해 부리는 주정같이만 보였다. 엄마는 파랗게 질린 채 차마 더 이상 지켜볼 수 없다는 듯 얼른 주방으로 들어갔다. 하지만 아빠는 일석이와 마주 앉아 손을 붙잡더니 단호하게 말했다.

"박 선생. 하나님은 도움을 요청하는 손길을 거부하지 않으십니다. 박 선생이 원하기만 한다면 주님은 언제나 사랑으로 용서하실 겁니다. 예수님을 붙드십시오. 방법은 그것밖엔 없습니다. 우리에겐 예수님밖에 없는 것입니다."

일석이는 아빠가 하는 말에 크게 감동을 받았다는 걸 알려주려는 듯 연신 고개를 끄덕이며 중간 중간 "네, 네, 그럽죠. 예수님입죠."라고 대답까지 챙겼다.

"석준이를 생각해서라도 이제 그만 정신 차리고 예수님 앞으로 나와 회개하십시오."

일석이는 석준이 이름이 나오자 갑자기 비굴한 표정을 지으며 징징거렸다.

"목사님, 그 새끼가 통 보이질 않습니다요. 이놈의 자식이 키워준 은공도 모르고 어딜 토꼈나 모르겠단 말입니다요. 내 이놈의 자식을 찾기만 하면 그냥……."

"석준이가 가출이라도 했단 말입니까?"

아빠가 깜짝 놀라며 되묻자 일석이는 다시 눈물을 흘리며 통곡을 하기 시작했다.

"으흐흐흐흑. 이건 다 마귀가 시켜서 하는 짓이라니깐요. 내, 내가 가만있으면 두 눈이 시뻘건 마귀 새끼가 자꾸 날 찌르면서 시킨단 말입니다요. 나는 잘못이 없단 말입죠. 목사님이 석준이한테도 말씀 좀 해줍쇼. 이 애비가 하는 게 아니라 다 그 마귀가 시켜서 하는 거라고, 좀 말씀 좀 해줍쇼."

일석이의 말은 감정이 격해지면서 점점 더 횡설수설 알아듣기 어려워졌고, 누가 들어도 제정신으로 하는 말이 아닌 것 같았다.

"박 선생, 오늘은 이만 하시고 내일 밝을 때 다시 찾아오시죠. 저랑 이야기도 더 나누시고 기도도 드립시다."

이제야 술주정이라는 걸 눈치챈 아빠가 귀찮다는 듯 말하는데도 일석이는 아랑곳하지 않고 아빠의 손을 덥석 잡으며 계속해서 중얼거렸다.

"내가 그 자식을 꼭 찾아내서 가만두지 않을 겁니다요. 감히 나를 두고 도망을 가? 이 죽일 놈의 개새끼 같으니. 이놈의 새끼가 동네 어딘가에 숨어 있을 텐데. 요번에도 내가 찾아낼 거고말고. 지가 도망가봤자지. 찾아내서 정신 차리게 두들겨 패줘야지. 암, 그저 맞아야 정신을 차리지, 그 짐승 같은 새끼가."

나는 아빠가 흥분한 일석이를 달래려고 안간힘을 쓰는 소리를 들으며 살짝 현관문을 열고 밖으로 나왔다. 그리고 전속력으로 소주네 집을 향해 뛰기 시작했다.

해가 이미 완전히 진 마을은 휘영청 떠오른 달에게 보호받고 있었다. 가을의 보름달은 유난히 풍성하고 부드러워서 밤인데도 사물을 분간하는 데 아무런 문제가 없었다. 귓전에서 윙윙대는 바람소리와 심장이 고동치는 소리를 들으면서 빠르게 지나치는 나무들의 속삭임에 신경 쓸 겨를도 없이 나는 계속해서 뛰어갔다.

마침내 소주네 집 불빛이 보이자 마음이 놓였다. 방에서는 텔레비전을 틀어놓았는지 기계음이 들려왔고 간간히 소주와 영감님의 웃음소리도 섞였다. 사립문을 열고 안으로 들어가면서 조급하게 "소주야." 하고 이름을 불렀다. 방문이 열리면서 영감님이 고개를 내밀었다. 영감님이 나를 보고 활짝 웃자 잇몸뿐인 빠진 앞니 자리가 훤히 보였다.

"안녕하세요."

나는 큰 목소리로 말했다.

"소주하고 따로 할 얘기가 있는데 좀 나오라고 해주시겠어요?"

영감님은 고개를 끄덕인 후 아무것도 묻지 않은 채 재빨리 방 안으로 몸을 돌렸다. 영감님은 사실 눈치가 빨라 사람 말을 거의 다 알아들었다. 내가 왜 일부러 못 알아듣는 척하느냐고 물어보자 영감님은 사람 말을 못 알아듣는 게 훨씬 살기 편하다고 했다.

소주가 금방 밖으로 나왔는데, 밥을 먹고 있었는지 손에 숟가락을 쥔 채였다.

"무슨 일이야? 이 밤에 웬일이고?"

소주가 걱정스러운 목소리로 물었다. 우리 엄마가 절대 밤 외출을 허락하지 않는다는 걸 알고 있었기 때문에 몹시 놀랐던 것이다. 나는 소곤거리는 목소리로 재빠르게 말했다.

"일석이가 지금 우리 집에 있는데 석준이가 도망을 갔다는 거야. 찾아내면 죽일 것같이 난리였어. 혹시 그 애가 갈 만한 데 짚이는 곳 없어?"

소주는 입을 벌리고 나를 걱정스럽게 바라보다 말했다.

"멀리는 못 갔을 거야. 걘 돈이 한 푼도 없는걸."

"일석이가 그러는데 석준이가 도망간 게 이번이 처음은 아닌 것 같더라. 동네 어딘가에 숨었을 거라고 하더란 말이야."

소주는 고개를 한쪽으로 숙이고 생각에 잠겼다. 오른손에 여전히 밥풀이 붙은 숟가락을 쥔 채로 그렇게 서 있는 모습이 묘하게 재미있어서 나는 갑자기 웃음이 나오고 말았다. 소주는 이유도 모른 채 나를 따라 빙긋 웃었다.

"잠깐만 기다려. 할아버지한테 잠깐 나갔다 온다고 말씀드리고 올게. 같이 찾아보자. 근데, 너 괜찮겠어?"

나는 일석이가 집에서 소동을 더 부려주길 기도하면서 재빠르게 고개를 끄덕였다.

우리는 일단 동네에 있는 폐가를 뒤져보기로 했다. 타지로 나간 사람들이 그대로 버려두고 간 폐가들은 쥐와 뱀 들의 서식처이자 지나가는 바람의 놀이터였다. 나는 소주가 아무 두려움 없이 폐가를 들락거리는 동안 기이하도록 낯선 느낌을 주는 그곳을 살펴보았다. 소주의 발밑으로 검은빛의 작은 뱀이 스르륵 기어가는 것을 보고 깜짝 놀라 소리를 지르자 소주는 아무렇지도 않게 뱀을 집어 들더니 뒤로 휙 던졌다.

"여기도 없네. 벌써 다섯 군데나 봤어. 아무래도 이런 곳에 숨은 건 아닌가 봐."

소주가 골똘히 생각에 잠기며 말했다.

"혹시 마을 밖으로 간 게 아닐까?"

"나가 봤자 어디 갈 데가 없잖아. 돈도 없고……. 그때 석준이가 한 말 너도 들었지? 걘 나름대로 계획이 있었어. 백만 원을 모으겠다고 했잖아. 무턱대고 나가진 않았을 거야. 잠깐 생각을 좀 해보자."

소주는 잠시 왔다 갔다 하며 생각에 잠겼다. 마침내 소주가 탁 멈추어 서더니 명랑하게 말했다.

"명지야, 바람산으로 가보자. 있지, 예전에 석준이랑 친구들 몇이서 항상 같이 산을 뒤지고 다녔는데, 우리가 발견한 장소가 몇 군데 있거든. 엄마 아빠한테 심하게 혼나고 속상한 일 있으면 각자 찾아낸 비밀 장소로 가서 숨어 있곤 했어."

"지금? 이 시간에? 산은 캄캄할 텐데?"

나는 깜짝 놀라며 되물었다.

"바람산은 내게 집이나 마찬가지야. 난 상관없지만, 명지 너는 아무래도 집으로 돌아가는 게 좋겠다. 너무 늦으면 사모님께 혼날지도 몰라."

소주의 걱정스러워하는 말을 듣고 나는 오히려 마음을 단단히 먹었다.

"아니. 나도 같이 갈래. 너 혼자 이 밤에 산을 돌아다닌다니, 말두 안 돼."

소주는 감탄스러운 얼굴로 잠시 나를 바라보았다.

"아무래도 손전등이 있어야겠다. 깊이 들어가면 산은 달빛도 막아버리거든. 우리 집으로 가서 손전등도 가져오고, 뭐 먹을 것도 좀 챙기는 게 좋을 것 같아. 만일 석준이가 산에 있는 게 맞다면 그 앤 지금쯤 굶주리고 있을 거야."

우리는 부지런히 소주네 집으로 다시 돌아갔다. 영감님은 이미 세상모르고 잠이 들어 있어서 새삼 거짓말을 꾸며댈 필요가 없었다. 소주는 살그머니 안방으로 들어가 손전등을 꺼내고 부엌에서 삶은 고구마와 사과, 직접 만든 큰 엿판 하나와 물통을 챙겼다. 그것들을 가방에 꾸려 넣고 휙 둘러메더니 빙긋 웃어 보이며 소풍이라도 가는 사람처럼 밝게 말했다.

"가자."

소주네 집을 빙 둘러 나 있는 오솔길을 따라가다 보면 점차 경사가 생기기 시작하면서 바람산의 품으로 들어갈 수 있는 입구가 나타났다. 산기슭에 있는 나무들은 수도 적었고 그리 울창하지 않았기 때문에 환한 달빛이 길을 인도해주었다. 하지만 경사가 급해질수록 나무들은 그 형태를 분간할 수 없을 정도로 빽빽해졌고, 간혹 나뭇가지 사이로 고개를 내미는 달도 두터운 나무 장막에 막혀 더 이상 빛을 나눠주지 못했다. 손전등을 꺼내 든 소주는 가방을 둘러메고도 사슴처럼 가볍게 산길을 올랐지만 뒤에서 따라가던 나는 숨을 헐떡이며 계속해서 진땀을 흘렸다. 앞서 가던 소주가 잠시 뒤를 돌아보더니 오른손을 내밀며 손을 잡아주었다.

"많이 힘들어? 좀 쉬어 갈까?"

나는 손목시계를 흘긋 보았다. 벌써 9시가 가까워져갔다.

"아니. 시간 없어. 얼른 가자."

소주는 손에 힘을 꽉 주더니 다시 부지런히 걸음을 떼기 시작했다. 사방이 어둑하자 청각이 예민해져서인지 어쩌다 밟은 나뭇가지 부러지는 소리가 천둥 치는 소리처럼 느껴졌고, 산에 사는 온갖 생명체가 부스럭대는 소리들은 마치 유령이 흐느끼는 것 같았다. 나는 그만 겁에 질려버리고 말았다.

소주는 밤 고양이처럼 유연하게 수풀을 헤치고 빽빽이 들어찬 울창한 나무들 사이로 나를 이끌었는데, 단 한 번도 길을 망설이거나 방향을 혼란스러워하지 않았다. 깊이 들어가면 들어갈수록 산은 점점 더 험해져서 나중에는 가늘게나마 있던 오솔길도 아예 없어져버렸다.

급한 경사가 점차 완만해지면서 나무들이 좀 더 멀찍이 물러나 있는 곳에 이르자 숨어 있던 달이 다시 모습을 드러내었다. 검고 윤기 나는 하늘에는 별들이 하나 가득 떠올라 있었고, 달빛을 받은 나무와 풀 들은 잔잔한 바람을 따라 일렁거렸다. 익숙지 못한 산길을 좇아가느라 지칠 대로 지쳐버려 더 이상은 무리라고 생각한 순간 갑자기 소주가 걸음을 멈추었다.

"바로 저기야."

나는 갑자기 드러난 아담한 평지를 바라보았다. 누가 일부러 나무를 베어내기라도 한 것처럼 민둥한 그곳에는 바위가 몇 개 흩어져 있었다. 뒤편의 나무들이 담처럼 빙 둘러싸고 있어 어찌 보면 꼭 묏자리 같기도 했다. 가쁜 숨을 몰아쉬며 그곳을 제대로 살펴보기도 전에 나무 밑에 우두커니 서서 놀란 얼굴로 우리를 쳐다보고 있는 석준이를 발견했다.

"석준아!"

소주가 마치 길 가다가 만난 친구를 부르는 것처럼 반갑게 외치더니 얼른 그 애 쪽으로 달려갔다.

"너! 너, 너 도대체! 어떻게 여길 알고……."

"여긴 나도 아는 데잖아. 기억 안 나?"

소주가 아무렇지도 않게 대꾸하며 가방을 내려놓았다. 석준이는 너무 놀라서인지 물고기처럼 입만 뻐끔거리다 나를 힐끗 쳐다보았다. 석준이의 눈에 놀라움과 당혹감이 스쳤다.

"명지네 집에 오늘 일석이, 아, 아니 아저씨가 왔대. 그래서……."

"뭐라고?"

소주의 말이 채 끝나기도 전에 석준이가 소리를 꽥 질렀다.

"그 새끼가 거길 왜 가?"

달빛 아래에서도 석준이의 얼굴이 새빨갛게 달아오르는 것이 또렷이 보였다. 나는 조심스럽게 말을 꺼냈다.

"술을 좀 많이 먹고 찾아오셨어. 아빠가 목사님이니까 뭐 하소연도 하고 그러고 싶었나 봐. 근데 아저씨 말이 네가 집을 나갔다고 하셔서……."

나는 걱정이 돼서 찾으러 왔다는 말을 입속으로 그냥 삼켰다.

"어차피 돌아갈 거였어. 그 새끼가 집을 나갈 때까지만 여기 있을 작정이었다고. 니들이 이렇게 호들갑 떨면서 여기까지 기어 올 필요가 전혀 없단 말이야!"

석준이가 펄펄 뛰면서 소리를 지르자 소주가 끼어들었다.

"말하는 싸가지하고는. 그냥 고맙다고 말하면 안 돼? 명지나 나나 널 얼마나 걱정했는데."

"누, 누가 니들더러 내 걱정 해달랬어? 왜 자꾸 참견하고 지랄이야, 지랄이!"

"참견은 싫어도 이건 싫다고 못 할걸."

석준이의 고함엔 아랑곳도 없이 소주가 명랑하게 말하며 가방에서 삶은 고구마와 사과, 엿판을 꺼냈다. 석준이는 화내던 것도 잊은 채 소주가 꺼내 든 음식들을 멍하니 쳐다보았다.

"거봐."

소주가 말했다.

"체면 차릴 것 없어. 너 주려고 이 무거운 걸 지고 여기까지 올라온 사람 생각도 좀 하라고. 얼른 먹어."

석준이가 볼이 미어터지게 고구마를 입에다 우겨 넣는 동안 우리는 그 애를 걱정스럽게 지켜보았다. 산에서 며칠을 지새운 낯에 몰골이 말이 아니었다. 약간 살이 오르는가 싶었던 양 볼은 다시 핼쑥해졌고 피부는 핏기 하나 없이 누렇게 떠 있었다. 다만 날카로운 눈매는 더 서늘해져서 왠지 똑바로 쳐다보기가 어려웠다. 더러운 옷 여기저기에 흙과 풀이 지저분하게 붙어 있는 데다 몸에서 풍기는 끔찍한 악취 때문에 나는 거의 초인적인 의지력을 발휘해서 불쾌한 티를 내지 않으려고 애써야 했다.

"학교는 어쩔 거야? 더 이상 빠지면 졸업을 못 할 수도 있대."

내가 물어보자 석준이는 사과 하나를 집어 들고 덥석 깨물며 대답했다.

"상관없어. 그까짓 것."

"학교는 중요해. 초등학교도 졸업 못 했다고 해봐. 아무도 널 제대로 봐주지 않을 거야."

"씨팔, 초졸이나 중퇴나 뭐가 달라. 달라지는 건 아무것도 없어.

말해두지만 내 목표는 따로 있어."

소주는 묵묵히 앉아 있다 날카로운 돌 하나를 찾아내 커다란 엿판을 두들겨 깼다. 그중에 한 조각을 집어 석준이에게 주면서 말했다.

"어쨌든 일석이는 아직 집에 있는 게 확실하니까 당분간 여기 있어. 일석이가 집을 나가면 와서 알려줄게. 근데, 졸업이 목표가 아니라면 네 목표는 뭔데?"

석준이는 엿을 받아 입안에 집어넣고 우물거리다가 중얼거렸다.

"일석일 죽일 거야."

"어떻게?"

소주가 눈을 동그랗게 뜨며 물었다.

"이렇게."

석준이가 양손을 힘주어 오므렸다.

"숨통을 조일 거야. 지가 누구 손에 죽어가는지 처볼 수 있게 아주 천천히 죽이는 거야."

석준이가 음침한 목소리로 이죽거렸다.

"그런 소리 하지 마. 그러다 큰일 나."

내가 겁에 질려 말했다. 석준이가 벌떡 일어나서 야윈 몸을 쭉 폈다.

"이제 곧 끝날걸. 그럼 난 비행기를 타고 영원히 여길 뜰 거야."

석준이의 얼굴이 환해지면서 목소리도 붕 떠오르는 것을 보니 생각만 해도 힘이 나는 모양이었다. 갑자기 소주가 울음을 터뜨렸다.

"왜 울고 지랄이야?"

석준이가 눈살을 찌푸리며 툴툴거렸다. 그러는 걸 보면 석준이는 자기 꼴이 우리 눈에 얼마나 불쌍해 보이는지 모르는 게 분명했다.

내가 집으로 돌아온 것은 자정이 조금 넘은 시간이었다. 거실에서 안절부절못하고 기다리고 있던 엄마는 내가 현관문을 열고 들어오자마자 손바닥으로 뺨을 세게 후려쳤다. 귓속에서 윙 하는 소리가 울리며 곧 볼이 불에라도 댄 듯 화끈거리기 시작했다. 난생처음 맞아본 뺨은 생각보다 훨씬 더 아팠다.

"너, 도대체 어딜 갔다 온 거야?"

엄마는 치솟아 오르는 분노를 삭이지 못한 채 온몸을 부들부들 떨고 있었다.

"아빠하고 내가 얼마나 걱정했는지 알아?"

"죄송해요. 일석이 아저씨가 무서워서 소주네 집에 피해 있다가 깜빡 잠이 들었어요."

"……무섭긴 뭐가 무서워. 엄마랑 아빠가 같이 있는데."

목소리가 누그러진 걸로 보아 엄마는 충분히 그럴 만했다고 생각하는 듯했다.

나는 샤워를 한 후 침대에 걸터앉아 엄마가 가져다준 얼음주머니를 뺨에 대고 문질렀다. 뺨이 부어오르고 있었지만 내 생각은 어두운 산속에 혼자 남아 있는 석준이에게로 달려갔다. 우두커니 서서 우리를 배웅하던 석준이의 모습이 너무 가슴 아파서 나는 산을 내려오는 내내 울음이 터질 것만 같았다. 석준이를 위해 뭐라도 해줬으면 좋겠다는 생각에 안타까움이 밀려왔다. 나는 얼음주머니를 내려놓고 무릎을 꿇은 채 두 손을 모았다. 그리고 석준이를 도와달라고 아주 간절하게 기도했다. 하나님 아버지는 사랑이 그렇게나 많으시다니 석준이에게도 한번쯤 그 사랑을 베풀어달라고 말이다.

다음 날부터 쏟아지기 시작한 폭우는 들판을 덮치고 나무들을 뒤흔들었다. 개천은 싯누런 흙탕물로 번지고 다리까지 잠겼다. 낮인데도 사방이 어두컴컴했고, 칼 같은 바람 소리와 함께 울부짖는 나무들의 괴성이 온 마을에 휘몰아쳤다. 다행히 추수는 이미 끝났고 과실도 모두 거둬들였으므로 큰 피해는 없었다. 하지만 아직 남아 있는 밭작물을 고스란히 잃게 된 동네 사람들은 우비를 뒤집어쓴 채 비닐하우스와 작물들을 돌보느라 하루 종일 이리 뛰고 저리 뛰고 했다. 학교는 비상연락망을 통해 임시 휴교를 알려 와서 나는 늦은 아침을 먹은 뒤 방에서 느긋하게 책을 읽고 있었다.

"안녕하세요, 사모님."

"그래. 이 비가 쏟아지는데 웬일이니?"

빗줄기들이 내 방 유리창을 요란하게 두들겨대는 소리에 소주의 목소리가 섞였다. 황급히 거실로 나가니 소주가 우비를 입고 흠뻑 젖은 채 현관에 서 있었다.

"엄마, 수건 좀 갖다 주세요."

나는 소주 곁으로 다가가서 우비 벗는 걸 도와주었다. 엄마는 못마땅한 얼굴로 뚱하니 서 있다가 수건을 가져다주곤 주방으로 획 들어가 버렸다. 그런 엄마의 태도가 너무 속상했기 때문에 나는 얼굴이 붉어졌다. 하지만 소주는 전혀 아무것도 눈치채지 못한 것처럼 태연하게 물기를 닦고 수건을 돌려주었다.

소주가 장화를 벗고 같이 방으로 들어오자 엄마가 핫초콜릿과 과자를 내왔다. 엄마는 격식을 상당히 중요시 여겼기 때문에 대접을 소홀히 하는 법이 없었다. 나는 엄마가 쟁반을 내려놓고 나가기 전에 재빠르게 말했다.

"엄마, 소주는 점심도 먹고 갈 거예요. 부탁드려요."

엄마는 우리를 흘긋 바라보았고 아무런 말도 없이 방을 나갔다. 나는 초콜릿 잔을 소주에게 건네주었다. 소주는 컵을 쥐고 짧게 기도를 한 뒤 후후 불어가며 맛있게 마셨고, 나는 그런 소주를 흐뭇하게 바라보았다.

"내 것도 마셔. 난 별로 생각 없거든."

소주는 빙긋 웃으며 고맙다고 말한 뒤 곧 후루룩 소리를 내며 마시기 시작했다.

엄마는 정기적으로 서울의 수입품 전문 가게에 들러 막대치즈며 햄이며 통조림이며 비스킷, 초콜릿, 코코아 분말 등을 사 왔고, 식구들의 옷도 모두 서울에서 구입했다. 나는 동네 아이들과 내 처지가 표 나게 차이 날 때마다 우울해졌는데, 항상 튀어나온 못 같은 여기서의 입장이 좀 더 무난하고 원만해지기를 바랐다. 때문에 집에서 먹는 간식은 절대 집 밖으로 가지고 나가지 않았지만 가끔씩 소주를 불러 이런저런 간식을 챙겨주며 맛있게 먹는 모습을 지켜보는 것은 커다란 기쁨이었다. 언제나 엄마가 너무 유난스럽다고 생각했는데, 소주가 생소한 수입 과자들을 보면서 신기해할 때면 엄마의 그런 유난이 고맙기까지 했다.

"석준이 때문에 온 거지?"

내가 걱정스럽게 묻자 소주는 과자를 우물거리며 고개를 끄덕였다.

"석준이가 비 때문에 더 못 견디고 집으로 돌아온 것 같아. 혹시나 해서 아침나절에 석준이 집으로 가봤거든. 신발이 있더라고. 근데……."

갑자기 소주의 얼굴이 우울해졌다.

"일석이가 있는 것도 확실해. 신발도 있었고 솔직히 이 폭우가 쏟아지는데 어딜 갔겠니. 자기도 집에 있겠지."

가슴이 철렁 내려앉았다. 결국 그렇게 됐구나.

나는 핫초콜릿을 꿀꺽꿀꺽 마시고 있는 소주를 다정하게 바라보았다. 이 폭우가 쏟아지는데, 소주는 석준이가 걱정돼서 이른 아침 집으로 찾아갔었다. 만약 집에 석준이가 없었다면 곧장 산으로 찾아갔을 것이다. 나는 무수한 사물을 그려나가면서 잎사귀 한 장에도 영혼이 있고 그 영혼이 묻어나는 표정이 있다고 생각했었다. 소주의 불완전한 육체는 내 눈엔 한없이 사랑스러워서 그 애의 아름다운 영혼을 담기에 전혀 부족함이 없어 보였다. 소주는 내가 되고 싶었던 그 누구였으며, 가지고 싶었던 그 무엇인가를 이미 가지고 있는 사람이었다.

점심 식사는 정말로 맛있었다. 엄마는 특히 닭 요리를 잘했는데, 마침 꿀과 야채를 듬뿍 넣은 닭찜 요리가 나왔고 후식으로는 직접 오븐에 구운 호두파이를 커다랗게 잘라 내놨다. 소주가 어찌나 맛있게 먹는지 나는 보기만 해도 배가 부른 것 같았다. 아빠는 소주를 보더니 영감님 안부를 간단히 묻고는 곧 식사를 끝내고 언제나처럼 서재로 들어가 버렸다.

식사를 마치고 엄마를 도와 뒷정리를 하고 있는데 세찬 빗소리를 뚫고 현관문을 두드리는 소리가 들렸다. 엄마가 곧 거실로 나갔고 잠시 후 말소리가 들려왔다.

"설마, 시체도 못 찾은 건가요?"

나는 설거지하던 손을 멈췄고 식탁을 행주로 닦고 있던 소주의 손도 딱 멎었다.

"세상에나. 어쩜 이런 일이. 결국은 그렇게 됐군요! 여보! 이리 좀 나와 보세요!"

아빠가 서재에서 나오는 소리를 듣고 소주와 나도 거실로 나갔다. 석준이네와 가까이 살고 있는 김 집사님이 빗물을 뚝뚝 떨어뜨리며 현관에 서 있었다. 밖의 기온이 뚝 떨어진 탓에 푹 젖은 김 집사님의 온몸에서 김이 피어올랐다. 김 집사님은 아무도 쓰지 않으려는 일석이를 곧잘 자기네 과수원이며 농사일에 불러주었고, 가끔씩 쌀이며 감자 같은 것도 들여놔 주며 아들 생각을 해서라도 정신 차리라고 일석이를 타이르곤 했었다.

"여보, 글쎄, 일석이가 죽었다네요."

엄마가 아빠를 보며 놀랍다는 듯 말하자 김 집사님이 곧 덧붙였다.

"확실한 건 아닙니다, 목사님. 엄청나게 불어난 개울에 빠져 허우적대는 걸 본 사람이 있긴 한데 곧 사라져버려서요. 아마 술에 취해 발을 헛디딘 모양입니다. 이 비에 어쩔 수도 없고 일단 비나 그쳐야 다시 찾을 수 있을 것 같습니다."

"저런. 석준이는 알고 있는가요?"

아빠가 혀를 차며 물었다.

"말도 마십시오, 목사님. 제가 집으로 가서 알려주자마자 이놈의 자식이 헐레벌떡 개울로 뛰어가더니만 다짜고짜 뛰어들더란 말입니다. 그런 놈도 지 애비라고 막상 죽는다니 애가 터졌나 봅니다. 동네 사람들이 목숨 걸고 들어가 구해내지 않았더라면 그 녀석도 일석이 따라 하나님 뵈러 갔을 겁니다. 간신히 살려놨더니만 이 자식이 개울로 또 뛰어들려고 난리를 쳐대지 뭡니까. 붙잡은 사람들을 마구 때리고 차고 할퀴고, 난리도 그런 난리가 없었습니다."

그러고 보니 김 집사님의 뺨 한쪽에 심하게 긁힌 자국이 있었다.

"석준이는 괜찮나요?"

내가 불쑥 묻자 김 집사님이 뺨을 어루만지며 한숨을 쉬었다.

"생난리를 치다 그냥 기절했다. 일단 우리 집에 옮겨다 놨어. 그 자식이 정신줄 놓기 전에 헛소리를 다 하더란 말이다. 불쌍한 자식."

"뭐라고 헛소리를 했는데요?"

이번엔 소주가 불쑥 물었다.

"응? 뭐, 나도 잘 모른다. 워낙 횡설수설해서. 그나저나 목사님, 일석이가 아무 연고도 없고 친척도 없어놔서 말입니다. 아직 식군이도 너무 어리고, 일석이가 교회엘 나온 건 아니지만 아무래도 장례 문제 같은 게……."

우리는 아빠와 김 집사님이 일석이의 장례 문제를 의논하기 시작하자 다시 주방으로 들어갔다.

노엘

두터운 스웨터에 코트를 껴입고 목도리를 두른 후 장갑까지 끼고 나니 지금부터 밤새도록 돌아다녀도 끄떡없겠다는 생각이 들었다. 중무장한 채로 거실로 나가자 엄마가 뜨거운 꿀차를 건네주며 옷차림을 꼼꼼히 점검했다. 나는 차를 마시며 거실 한구석에 장식돼 있는 크리스마스트리를 쳐다보았다. 색색의 꼬마전구들이 부지런히 깜빡이고 있었다. 아빠도 스웨터를 걸치고 서재에서 나왔다. 우리 가족은 현관문을 열고 밖으로 나갔다.

밖에는 함박눈이 펑펑 쏟아지고 있었다. 눈 쌓인 정원에는 성가대원들이 이미 모여 크리스마스캐럴 부를 준비를 마친 상태였다. 나는 마당으로 내려가 대열의 끄트머리쯤 서 있는 소주의 옆에 나란히 섰다. 곧 노래가 울려 퍼졌고 아빠와 엄마는 현관 앞에 서서 「기쁘다 구주 오셨네」와 「고요한 밤 거룩한 밤」을 들었다.

학기가 모두 끝나고 겨울방학이 시작되면서 소주와 나는 정식으로 성가대원이 되었다. 원래는 고등학생부터 성가대석에 설 수 있었지만 소주의 가늘고 높은 소프라노는 교회의 누구보다 아름다웠기 때문에 유년부 딱지를 떼자마자 바로 성가대복을 입게 된 것이다. 나는 줄곧 유년부 예배의 반주만 도맡다가 성가대의 부반주자란 직책을 받고 성가대원들의 연습에 합류했다.

성가대 반주를 맡고 있는 김선주 선생님은 30대 초반의 처녀였다. 근처 L시의 전문대에서 유아교육을 전공하고 읍내에 있는 유치원에서 일하고 있는 그녀의 꿈은 언젠가 교회에 선교원을 만들어 직접 꾸려보는 것이었다. 하지만 동네의 젊은 사람들이 타지로 나가는 일이 점점 늘면서 자연히 아이들의 숫자도 줄어들었으므로 선교원이 만들어지기란 사실 별 가망이 없는 일이었다. 자신의 피아노와 노래 실력에 엄청난 자부심을 가지고 있는 이 노처녀는 지휘자인 박현철 선생님을 제쳐두고 성가대원들에게 직접 지시를 내리기도 해 느긋하고 맘 좋은 박 선생님의 자존심을 여러 번 상하게 만들었다.

한번은 화가 머리끝까지 치민 박 선생님이 지휘봉을 내던지며 "차라리 당신이 다 해!"라고 소리를 지른 적이 있었다. 김선주 선생님은 까르르 웃으며 "그럼 그럴까요?" 하고 응대했다. 박 선생님은 하는 수 없이 슬그머니 지휘봉을 다시 주워 들어야 했다.

김선주 선생님은 소주를 '정말 훌륭한 아이'라 입에 침이 마르게 칭찬하면서 무척이나 아꼈다. 그래서 소주는 그녀의 말을 절대로 거스르지 못했다. 김선주 선생님이 아무 때나 심부름을 시켜먹고, 자신이 해야 할 교회의 자질구레한 잡일들을 몽땅 떠맡긴다 해도 소주는 조금의 불만도 없이 열심이었다. 이런 열 받는 주종 관계에는 내가 보이지 않게 연관돼 있었다. 김선주 선생님은 나를 그다지 좋아하지 않았고 나 역시 그녀를 좋아하지 않았다. 김선주 선생님이 나를 못마땅해하는 건 누구든 알 수 있었다. 그녀는 자신의 생각을 절대 숨기는 법이 없었고 그럴 필요를 단 한 번이라도 느껴본 적이 있는지 의문이었다. 김선주 선생님이 나를 무시하면 할수록 그녀에게 충실히 봉사하는 소주의 만족감은 커져갔다. 나야말로 소주가 진짜 좋아하는 사람이었기 때문이다. 앞뒤가 안 맞는 얘기지만, 소주에겐 비어 있는 왼편 옷소매 대신 그런 게 필요한 모양이었다.

인정받고 싶어 하는 소주의 열망은 평소에도 너무 강렬해서 나는 그것을 느낄 수 있었다. 소주는 학교에서도 어떤 일에서건 뒷걸음을 친 적이 없었다. 특히 누구나 하기 싫어하는 험하고 궂은 일일수록 더욱 그랬다. 그래서 나는 소주가 아니라 김선주 선생님을 미워했다. 소주의 약점을 잡아 쥐고 흔들었기 때문이다.

김선주 선생님의 악행에 대한 복수로, 나는 그녀가 건반을 잘못 누를 때마다 모든 성가대원들에게 다 들리도록 큰 목소리로 지적

하곤 했다.(그때 박 선생님의 흐뭇해하는 표정이란.) 김선주 선생님은 약이 올라 씩씩거리면서도 곧 또다시 건반을 잘못 누르고 마는 자신의 우둔한 손가락 탓에 별다른 반격을 하지 못했다. 나는 언젠가 그녀가 "차라리 네가 다 해!"라면서 피아노 의자를 박차고 일어나길 기다리는 중이었다. 나야 당연히 사악하게 웃으면서 "그럼 그럴까요?" 하겠지만 김선주 선생님은 홧김에라도 자기 것을 남한테 양보하는 사람이 아니었다.

"성가대원 여러분. 내일은 우리 주 예수그리스도가 단생하신 거룩한 날입니다. 오늘 여러분이 신도들의 집집마다 다니며 아름다운 찬송으로 주께 영광을 돌려 예수님의 탄생을 축하하는 복된 일을 하실 때에 주님께서 이 모든 일을 주관하시고 축복으로 함께하실 것입니다. 모두들 안녕히 다녀오십시오."

아빠의 짤막한 축복 인사가 끝나자 엄마는 관례대로 미리 준비한 과자 몇 상자를 자루에 집어넣어 주었다. 그 과자는 내일 크리스마스 예배를 마치고 온 교인이 함께 식사를 한 후 같이 나눠 먹게 될 것이었다.

성가대원들은 모두 서른 명 남짓이었으나 새벽송에 참여한 인원은 젊은 사람들 위주로 스무 명 정도였다. 마을 신도들의 집은 물론이고 T면 전체에 골고루 퍼져 있는 신도들의 집도 모두 방문해야 했으므로 들러야 하는 마을만 네 군데, 걸어서 움직이면 하룻밤을 꼬박 걷는 강행군이었다. 하지만 모처럼 맞는 화이트 크리스마스인지라 청년들의 마음은 모두 들떠 있었고, 그들의 즐거운 기분은 나에게까지 전염돼서 덩달아 유쾌해졌다.

하얗게 쌓인 눈 위에 고요히 다시 눈이 내리고 조용한 은빛 천지에 달빛이 반사되어 온 세상이 눈부시도록 빛나고 있었다. 걸을 때마다 울려 퍼지는 뽀드득 소리가 부드럽게 찍힌 발자국과 함께 뒤에 남겨지고, 앞에 펼쳐지는 세상은 다시 순백의 원시림, 모든 것을 덮고 아무것도 드러내지 않은 태초의 아름다움을 품고 있었다.

"정말 예쁘다. 눈 오는 밤에 이렇게 밖에 있어본 적이 없어서 진짜 신기해."

소주에게 소곤거리자 그 애도 즐겁게 고개를 끄덕거렸다.

"그렇지? 언덕을 넘어서면 더 굉장해."

"근데, 너희 집도 들르는 거야?"

내가 궁금해하며 묻자 소주는 고개를 가로저었다.

"아니, 할아버지는 이미 잠드셨어. 이런 건 관심도 없으시고. 석준이도 아마 잠들었을 거야. 내가 와서 노래 부르면 나와서 과자를 나눠줄래, 그랬더니 니더러 미쳤냐고 하더라."

그 말을 할 때의 석준이 얼굴 표정이 생생히 떠올라 나는 그만 피식 웃음이 나오고 말았다. 소주도 어깨를 으쓱하며 빙긋 웃었다.

엄청난 폭우가 그치고 온통 진창이었던 길들도 조금씩 말라갈 때쯤, 영감님이 소주와 내 손을 잡고 석준이네 집으로 찾아갔었다.

동네 아주머니들이 이것저것 챙겨다 준 음식들이 부엌에서 그냥 썩고 있어 파리 떼가 붕붕거리며 들끓었고, 석준이는 굶어 죽기라도 하려는지 피골이 상접해서는 방구석에 처박혀 꼼짝도 하질 않고 있었다.

"우리 집에 가자. 응?"

소주가 엉덩이 붙이기 무섭게 대뜸 말하자 석준이는 얼굴을 이상한 모양으로 일그러뜨렸다.

"할아버지도 그러라셔. 응? 그러자."

석준이가 영감님을 힐끗 쳐다보자 영감님은 고개를 끄덕였다.

"시끄러. 가난뱅이 주제에."

석준이가 힘없는 목소리로 말했다.

"너 여기서 살면 올겨울에 얼어 죽어. 그러지 말고 우리 집에 가자, 응? 응?"

소주가 노래하듯 계속 졸라대자 석준이는 얼굴을 약간 붉혔다.

"……너네 집에 방이 어딨다고?"

"할아버지가 엄마 쓰던 방 도배해놨단 말이야. 그거 내가 쓰고 넌 할아버지랑 쓰면……."

"싫어!"

갑자기 석준이가 버럭 소리를 질렀다.

"차라리 여기서 혼자 살 거야!"

영감님은 석준이의 고집스럽게 다문 입과 불안해하는 눈동자를 한동안 지그시 바라봤다. 그러고는 소주를 보고 고개를 끄덕였다. 소주는 금세 영감님의 뜻을 알아차렸다.

"그럼 네가 그 방 써. 난 쭉 할아버지랑 같이 쓴걸. 괜찮아."

잠시 침묵이 흐르다 석준이가 불쑥 입을 열었다.

"난 돈이 한 푼도 없어."

"우리도 별로 돈이 없지만 같이 아끼고 나눠 쓰자. 그럼 되지 뭐."

소주가 대수롭잖다는 듯 말했다.

"……난, 난 일을 할 거야. 그러니까…… 조금만 지내면 독립할 수 있을 거야."

석준이의 말에 영감님이 고개를 가로저으며 말했다.

"학교엘 가야지."

"싫어."

석준이가 분명하게 말했지만 영감님은 못 들은 척했다.

"난 죽어도 학교에 안 가. 일할 거야."

석준이가 시뻘게진 얼굴로 입을 크게 벙긋거리며 소리를 질렀지만 영감님은 천연덕스럽게 고개를 끄덕였다.

"그래. 학교엘 가야지."

"영감! 난 학교 안 간다고!"

"아무렴 어때. 얼른 짐이나 싸자."

소주가 재빨리 일어서며 석준이의 말을 냉큼 잘랐다.

"일단 가서 생각하면 되지 뭐."

석준이는 계속 방구석에 버티고 앉아 자긴 절대로 학교는 안 갈 거라고 되풀이해 말했지만 소주와 영감님은 벌써 석준이의 짐 보따리를 챙기느라 여념이 없었다. 나는 석준이의 시선을 피한 채 얼른 일어나 부엌으로 슬그머니 들어갔다.

그날 밤 석준이는 영감님이 새로 도배해놓은 소주 엄마가 쓰던 방에서, 소주가 새로 꿰매놓은 이불을 덮고 잠을 잤다.

성가대원들의 노랫소리가 화음을 이루며 울리면 대문이 조용히 열리면서 교인들이 미리 준비한 과자 상자를 들고 나와 경건한 태도로 성탄송을 들었다. 함박눈이 성가대원들의 머리며 어깨에 쌓일 정도로 펑펑 내리고 있었지만 바람이 없었기 때문에 별로 춥지는 않았다. 나뭇잎이 모두 떨어져 앙상했던 나뭇가지에 소복이 눈이 쌓이자 마치 솜이라도 두른 듯 포근해 보였다. 나는 장갑을 벗고 손바닥을 내밀어 내리는 눈을 받아보았다. 눈송이들은 손의 온기에 닿자마자 스르르 녹아버렸다. 나는 눈을 감았다. 달빛이 눈꺼풀을 통해 엷게 비쳤고 주위에 있는 모든 것들이 망막에 새겨진 것처럼 눈을 감고도 선명히 그려지는 아름다운 밤이었다. 나는 머릿속에 보이는 영상을 그림으로 그려보았다. 도화지의 하얀색은 아주 조금만 남겨두고서 회백색과 청회색으로 이 차가우면서 동시에 따스한 대기를 푸르스름하게 칠해야 해. 붓에 물감을 듬뿍 묻혀 아주 깨끗하게, 단 한 번의 붓질만으로 단아하게.

"명지야, 힘드니?"

걱정스러운 목소리에 눈을 떠보니 윤이 앞에 서 있었다.

윤은 교회 최고령자인 서 장로님의 늦둥이 막내아들로 서울에서 의대를 다니고 있었다. 윤의 위로는 모두 다섯 명의 형이 있었는데, 큰형인 서현 권사님 내외가 서 장로님을 모시며 농사일을 맡고 있었고 나머지 형들은 모두 서울에서 살았다. 서 장로님네 땅이 마을에서 제일 많기도 했지만 엄마에게 듣기론 형들이 모두 교장선생님이라든가, 중소기업 사장이라든가, 대기업 간부라든가, 4급 공무원이라든가라서 잘산다고들 했다. 어머니가 몇 년 전에 병으로 고생하다 돌아가신 것 말고는 별다른 문제 없이 유복한 집안에서 자라 그런지, 윤은 모난 데가 전혀 없는 사람이었다. 고만고만한 시골 청년들 틈에서 한 번쯤 자신의 잘난 처지를 위세 세울 법도 한데, 나는 윤이 거슬리는 행동이나 말을 하는 것을 한 번도 보거나 들은 적이 없었다. 지금 생각해보면 윤은 생각이 깊고 조심성도 많은 사람이었다. 원래 성정도 있겠지만, 엄한 아버지와 나이 차 많이 나는 웃어른 같은 형들 틈에서 자란 탓도 있을 것이다.

나는 윤에게 잘 보이고 싶은 마음에 그 앞에서는 유달리 고분고분하게 굴었다. 김선주 선생님이 윤을 보고 좀 본받았으면 좋겠다고 은근히 바랐지만 어떻게 된 일인지 김선주 선생님의 잘난 척은 윤이 내려오는 방학 때면 더 대단해지곤 했다. 그건 아마 윤에게 잘 보이고 싶은 김선주 선생님 나름의 표현이었을 것이다. 윤의 부드러움과 겸손함엔 모두를 잘 보이고 싶어지게 만드는 그런 힘이 있었다.

"이제 시작인데, 아무래도 소주하고 너는 좀 힘들 것 같다. 힘들면 바로 말해."

"그렇게 힘들 것 같으면 아예 시작을 말았어야지."

옆에서 김선주 선생님이 톡 끼어들었다.

"난 괜찮아요."

내가 화난 목소리로 말하자 윤은 재밌어하는 표정으로 날 바라보았다. 김선주 선생님과 나의 신경전은 가끔씩 들르는 윤도 금방 알아챌 만큼 노골적이었다. 그 때문에 내 '고분고분한 척'에도 불구하고 윤은 아무래도 나를 괴팍하고 성질 사나운 애라고 생각하는 것 같았다.

성가대원들은 제법 묵직해진 자루를 나눠 지고 삼삼오오 짝을 이뤄 수다를 떨며 느긋하게 이동했다. 쌓인 지 얼마 안 된 눈은 부드러워 걷기에 별로 불편하지 않았고, 밤새도록 걸으며 노래를 부르는 것은 오히려 즐거웠다. 나는 코트 주머니에서 납작한 상자 하나를 꺼내 소주에게 건넸다.

"메리 크리스마스! 이따 자정에 줄까 했는데, 지금 주는 게 나을 것 같아."

소주는 깜짝 놀라며 상자를 받아 들었다.

"어머! 고마워. 난 카드밖에 준비 못 했는데."

"괜찮아. 지금 뜯어봐."

나는 웃으면서 소주가 포장 뜯는 것을 도와주었다. 포장지가 벗겨지고 상자 위에 내가 직접 그린 크리스마스카드가 보였다. 포동포동한 아기 천사가 구름 틈에서 나팔을 불고 있는 모습의 수채화였다. 소주가 볼을 발그레 물들이면서 카드를 잡고 자세히 살펴보았다.

"가게에서 파는 것보다 훨씬 더 예쁘다. 정말 고마워. 소중히 간직할게."

"선물도 꺼내봐야지."

소주가 상자를 열고 안에 든 것을 꺼냈다. 내 장갑과 똑같은 모양의 앙고라 장갑이었다. 나는 그 장갑을 소주에게 주고 싶어 엄마가 서울에 갈 때 모아두었던 용돈을 드리면서 사다 달라고 특별히 부탁했었다. 소주는 그 장갑을 들고 한동안 말없이 바라보았다. 나는 갑자기 불안해졌다.

"마, 맘에 안 들어?"

"그럴 리가 있겠어. 생전 처음 가져본 장갑인데."

소주가 고개를 흔들며 살짝 웃었다. 나는 소주의 손에 있는 장갑을 잡아 그 애의 오른손에 끼워주었다.

"나머지 한 짝은 잘 가지고 있을게."

소주가 장갑 낀 손을 이리저리 돌려 보며 밝게 말했다.

"그럴 필요 없어. 자 봐봐."

나는 다른 한 짝을 들어 보였다. 그것 역시 오른손용 장갑이었다. 나는 장갑을 두 켤레 샀던 것이다. 갑자기 소주가 나를 한 팔로 힘껏 껴안았고 나 역시 흐뭇한 기분으로 같이 안아주었다.

우리가 옆 마을로 이동했을 때쯤 눈이 그쳐 눈발에 가렸던 창백한 달이 훤히 떠올랐다. 길 위에 덮인 눈들이 불어오는 차가운 바람에 곧 얼음처럼 단단해지면서 달빛을 반사해 발광체처럼 밝은 빛을 뿜어냈고, 멀리 보이는 바람산은 흰 눈을 덮어쓴 채 도도히 앉아 있었다. 나는 다리가 아파오는 데다 추위 때문에 몸이 떨리기 시작했다. 길이 미끄러워지면서 걷는 것이 배나 힘들어졌다. 내가 비틀거리자 소주가 부축해주며 괜찮냐고 물었다.

"좀 춥다. 다리도 아프고."

"어쩌지? 아직 많이 남았는데."

우리가 점점 더 뒤로 처지자 앞에서 걷던 윤이 뒤로 돌아왔다.

"명지가 다리가 아픈가 봐."

소주가 윤에게 말하자 그는 내 안색을 살폈다.

"얼굴이 창백하다. 많이 힘드니?"

약한 체력 때문에 얕잡아 보이는 게 무엇보다 싫었지만 나는 아무래도 소주처럼 건강하고 활달해질 수는 없었다. 김선주 선생님의 한심해하는 눈초리가 절로 떠오르면서 분한 마음에 입술을 깨물었다.

“음. 어떻게 할까? 돌아가기에는 너무 멀리 왔는데.”

잠시 생각하던 윤이 내 앞에 등을 둘러대며 앉았다.

“자, 업혀라. 오빠가 업어줄게.”

“싫어! 그냥 걸을래. 아직 걸을 만해.”

나는 얼굴을 붉히며 뒷걸음질 쳤다. 윤이 고개를 돌려 나를 쳐다보았다.

“정말 싫어?”

고개를 끄덕이자 윤은 무릎을 펴고 일어서 곤란하다는 듯 다시 생각에 잠겼다. 그러고는 앞서 가던 청년들에게로 뛰어가더니 곧 자루 하나를 가지고 돌아왔다.

“여기 앉아. 썰매 태워줄게.”

“이야! 신난다!”

소주가 외치며 얼른 자루에 앉더니 한 손으로 자기 앞을 탁탁 내리쳤다.

“명지야! 여기 앉아! 여기!”

나는 웃음을 터뜨리며 소주 앞에 엉덩이를 깔고 앉았다. 소주가 한 팔로 자루를 단단하게 잡자 윤이 등을 보이고 서서 내 손을 붙잡았다. 윤이 곧 달려가기 시작했다. 차가운 바람에 머리가 나부끼고 주변 풍경이 빠르게 지나쳐 눈 오는 풍경을 담은 만화경을 보는 것 같았다. 자루 미끄러지는 소리가 고요한 밤공기에 경쾌하게 울리면서 썰매에 가속이 붙었다. 우리는 누가 간지럼이라도 태우는 것처럼 쉴 새 없이 깔깔거렸다.

"우아, 거기 비켜!"

윤이 소리를 지르자 다른 사람들은 얼른 몸을 비켜 길을 터줬으나, 미처 피하지 못한 김선주 선생님(허리 아래가 유달리 통통한 그녀는 몸이 좀 둔했다.)과 세게 부딪치고 말았다. 다 같이 눈길에 나뒹굴었지만 우리는 계속 웃어댔고 김선주 선생님은 소릴 지르며 있는 대로 짜증을 냈다.

"이래서 애들은 안 돼! 어후! 정말 어린애들이란!"

윤이 눈을 털어주며 미안하다고 사과했다. 그러고는 김선주 선생님의 손을 붙잡고 일으켜주려고 했다. 김선주 선생님은 윤의 손을 붙잡고 몸을 일으키다가 눈길에 미끄러지면서 다시 한 번 엉덩방아를 세게 찧고 말았다. 성가대원들 모두—김선주 선생님에게 평소 쌓인 게 있었던지라—사양할 것 없이 신나게 웃어댔지만 친절한 윤만은 웃음을 참으면서 그녀를 정중하게 부축해주었다.

"조금만 더 가면 강 집사님 목장이야. 너희 둘은 거기 있는 게 좋겠다. 오는 길에 들러서 데려갈게."

윤이 소주와 나를 차례차례 일으켜주며 말했다.

"명지는 오빠랑 손잡고 가자. 내가 부축하면 그래도 좀 나을 거야."

내가 윤의 손을 잡자 소주는 옆에서 내 손을 잡았다. 우리 세 사람은 나란히 걸으며 내키는 대로 크리스마스캐럴을 불러젖혔다.

윤은 좋은 음성을 가지고 있어 소주의 소프라노와 멋지게 어울렸다. 나는 곧 노래를 멈추고 즐거운 마음으로 두 사람의 노랫소리에 귀를 기울였다.

마을에서 외따로 떨어져 있는 목장은 길 옆의 평원에 울타리를 두르고 있었다. 성가대원들을 기다리느라 늦은 시각에도 축사 옆의 주택에선 환한 불빛이 새어 나왔다. 성가대원들이 문 앞에 서서 노래를 부르기 시작하자 강 집사님 내외가 밖으로 나왔다. 축사에선 젖소들이 노랫소리에 잠이라도 깼는지 움머 하면서 느릿하고 태평하게 울어댔고, 열린 현관문을 통해 따스하고 달콤한 냄새가 풍겨 왔다.

"어이구, 수고들 많네. 추운데 이거라도 좀 들고들 가라고."

강 집사님은 방금 데운 따끈한 우유와 집에서 직접 튀긴 도넛을 내와 성가대원들에게 돌렸고, 모두 출출했던 터라 반가운 마음으로 받아 들었다. 성가대원들은 음식을 먹은 후 곧 목장을 떠났지만 나와 소주는 윤의 말대로 거기에 그냥 남았다. 역시나 김선주 선생님은 거봐라, 내가 뭐랬니, 하는 아니꼬운 표정을 지었지만 너무 힘들어서 그런 건 신경도 쓰이지 않았다. 강 집사님은 마루의 난로 옆에 방석 두 개를 깔아주고 이불도 한 채 꺼내주었다. 난로에서 풍기는 톱밥 타는 냄새가 훈훈한 집 안을 아늑하게 떠돌고 있었고, 옆방에서는 아이가 자는지 가끔씩 칭얼대는 소리가 들렸다.

"아, 따스하다."

소주가 한 손을 펼쳐 난로 앞에 갖다 대며 중얼거렸다.

"그런데, 석준이는 어떻게 지내고 있어?"

나는 방학이 된 후 소주네 집에 한 번도 가지 못했다. 중학교 입학을 대비해서 계획표에 따라 공부를 해야 했고, 엄마의 감시가 심했기 때문에 좀체 소주네 집에 갈 구실을 만들지 못했던 것이다. 학교에 다시 나온 석준이는 여전히 말이 없긴 했으나 왠지 대하기가 더 어려웠다.

"음. 잘 있다고 하긴 어려워. 꼼짝도 하질 않고 하루 종일 방에 처박혀 있기만 하거든. 도대체 변소는 언제 갔다 오는지도 모르겠다니까. 벌써 우리 집에 온 지 한 달이 거의 다 되어가는데 말이야. 그리고 잘 먹으려고도 안 해."

"그렇구나. 네가 많이 힘들겠다."

"나야 밥상 차릴 때 숟가락 하나 더 놓는 것 말고는 하는 일도 없는데 뭘. 석준이는 자기 빨래는 손도 못 대게 해. 그럼 자기라도 열심히 빨아 입든가 해야 되는데 그 더러운 걸 그냥 입고 있다니까."

"차차 나아지겠지."

나는 자신 없는 목소리로 말했다.

"그리고……."

소주는 말을 할까 말까 망설이다가 내가 궁금해하는 걸 보고 조심스럽게 입을 열었다.

"밤마다 가위에 눌리나 봐. 신음 소리가 들리기도 하고 훌쩍이며 울 때도 있어. 한번은 비명을 계속 질러대서 할아버지랑 뛰어갔거든. 온몸이 땀에 흠뻑 젖어서 막 부들부들 떨고 눈이 휙 뒤집혀 있더라니까. 할아버지가 혀를 깨물지 못하게 입에 재갈을 물리고 가만히 눕혀놓았었어. 편하게 자는 밤이 손에 꼽을 정도야."

"……괜찮을까?"

"할아버지는 그냥 두래. 그냥 두면 다 알아서 살아가게 된대."

소주가 어깨를 으쓱하면서 어른스럽게 말했다.

다른 성가대원들을 먼저 보내고 우리를 데리러 윤이 목장으로 돌아온 것은 새벽 5시가 다 되어서였다. 난롯가에서 이불을 덮고 나란히 누워 잠을 자던 소주와 나는 부스스 일어나 차가운 새벽 공기 속으로 나갔다. 윤은 마치 엄마처럼 우리의 옷매무새를 더 단단히 여며주었다.

싸늘한 새벽 공기가 쨍하고 달려들어 콧속을 얼얼하게 만들었지만 온통 흰 눈으로 뒤덮인 길에 발을 내딛자 남아 있던 잠이 달아나면서 다시 즐거운 기분이 됐다. 겨울방학은 이제 시작이었고 학교는 졸업식만 남겨두고 있었다. 그리고 오늘은 크리스마스였다. 예배가 끝나면 교인들 모두 목사관에 모여 떡국을 먹는다. 엄마는 지금쯤 여신도들과 함께 육수를 내고 갈비찜을 들통에 앉히고 잡채를 무치고 하느라 정신이 없을 것이다. 모두들 배부르게 먹고 선물도 하나씩 받아 집으로 돌아가겠지. 내일쯤 소주와 함께 꽁꽁 언 냇가로 스케이트나 타러 가야겠다. 소주는 영감님이 만들어준 썰매를 가지고 나올 거야. 내가 썰매를 밀어줘야지. 그리고 석준이도 만나보자. 석준이는 괜찮아. 괜찮을 거야.

*

겨울치곤 포근한 햇살에 길 위의 눈이 모두 녹아 있었다. 아무리 조심해도 질척거리는 진창에 발이 푹푹 빠져 벌건 진흙이 부츠에 달라붙었다. 소주네 집 마당은 눈을 깨끗이 치워둬서 말끔했고 시붕 위로 비죽 솟아 나온 굴뚝에서는 연기가 피어오르고 있었다. 마당의 빨랫줄에는 눈에 익은 석준이의 옷가지 몇 개가 죽 널려 있었다.

"소주야!"

내가 큰 소리로 부르자 건넌방 문이 활짝 열리면서 소주가 얼굴을 내밀었다. 무슨 신나는 일이라도 있는지 두 눈에 장난기가 가득했다.

"야, 이 계집애야, 내 옷 빨리 안 내놔?"

안에서 석준이의 고함 소리가 들리자 소주는 얼른 문지방을 타넘어 마당으로 뛰어내렸다.

"어디 따라올 테면 따라와 보시지!"

소주가 약 올리듯 외치자 곧 문에 석준이의 덥수룩한 머리가 불쑥 나타났다.

"저놈의 계집애가 정말……."

석준이는 소리를 지르다가 마당에 서 있는 나를 보더니 멈칫했다. 벗은 어깨 위에 담요를 엉거주춤 두르고 있는 폼이 꼭 오줌을 싸 쫓겨난 아이 같았다.

"잘 지냈어? 오랜만이다."

나는 웃음을 참으며 인사했다. 석준이는 한층 더 얼굴을 붉히며 방문을 쾅 닫고 안으로 들어가 버렸다.

"도대체 어떻게 옷을 벗겼니?"

내가 키득거리며 묻자 소주도 킥킥거렸다.

"말도 마. 몸에서 냄새가 진동을 하고 때가 덕지덕지 앉았는데도 아예 옷을 벗으려고를 안 하는 거야. 그래서 할아버지가 더운물을 한 대야 가져다가 석준이 녀석한테 그냥 끼얹어버렸어. 그리고 이왕 젖은 김에 몽땅 벗고 목욕하라고 호통을 치셨지. 저도 놀랐는지 욕을 퍼부으면서도 순순히 부엌으로 들어가 목욕을 하더라고. 난 그사이에 옷을 몽땅 가져다가 빨아서 널어버렸어. 근데."

소주는 콧잔등을 찡그렸다.

"몽땅이라야 몇 벌 되지도 않고 별로 입을 것도 없어. 할아버지가 요번에 장 서면 나가서 석준이 옷을 좀 사야겠다고 하시더라. 아! 그리고 내 옷도 사주시겠대. 이제 중학생이 되니까."

"잘됐구나. 우리, 냇가에 가서 썰매 타자. 나 스케이트 가져왔어."

소주가 고개를 끄덕이더니 광으로 썰매를 꺼내러 내려갔다. 나는 마루에 걸터앉아 건넌방 문을 살짝 열어보았다. 방은 작았지만 새로 도배를 해서 깨끗했다. 석준이는 체념한 듯 이불을 덮고 얌전히 누워 있다가 나를 힐끔 쳐다봤다.

"하루 종일 방에서 꼼짝도 않는다며? 안 답답해?"

석준이는 아무 말 없이 고개를 돌려버렸는데, 어쩐지 석준이가 그냥 부끄러워하고 있을 뿐일지도 모른다는 생각이 들었다. 나는 살짝 문을 닫았다.

썰매를 꺼내 온 소주가 방을 향해 소리 질렀다.

"석준아! 우리 썰매 타러 간다! 집 잘 보고 있어."

방에선 아무 기척도 없었지만 소주는 개의치 않고 "갔다 올게!"라고 인사까지 챙겼다. 나는 소주의 썰매를 받아 어깨에 멨고 소주는 내 스케이트를 받아 목에 걸었다. 우리는 손을 잡고 냇가를 향해 신나게 달려갔다.

맞지 마

서울과 이어지는 도로가 계속해서 확장되는 분위기를 타고, 활기 넘치는 상업 도시로 커가고 있는 E읍은 얼마 전부터 실시된 고교 평준화 정책과는 무관한 곳이었다. 내가 진학한 M여중은 E읍과 이웃한 C시의 명문 여고에 학생들을 진학시키기 위해 꽤 엄격한 수업을 진행했으며 읍내 초등학교를 졸업한 아이들은 이미 그런 분위기에 익숙해져 있었다. 방학 동안 학과목을 착실히 예습했던 나는 그런 진지한 수업 분위기가 반가웠다. 서울의 사촌들보다 많이 뒤처지는 건 아닌가 내심 불안했던 것이다. 읍내 아이들은 나처럼 인근 면에서 진학한 아이들을 깔보는 경향이 있었는데, 나는 초등학교 때와는 달리 한결 무난해진 처지가 오히려 마음 편했다.

소주와는 반이 갈렸지만 방과 후에 만나 함께 하교했다. 우리는 국도 변 버스 정류장에서 내려 동네로 들어가는 긴 도로를 걸어가곤 했다. 동네까지 들어가는 버스는 배차 간격이 너무 멀어 시간을 놓치면 탈 수 없기 때문이었다. 따스한 봄볕을 받으며 양옆으로 너른 논들이 펼쳐져 있는 도로를 여유롭게 걷다 보면 경운기를 타고 지나가는 동네 사람들이 우리를 태워줄 때도 있었다. 털털거리는 경운기에 앉아 빠르게 움직이는 구름과 논에서 허리를 굽힌 채 열심히 일하고 있는 사람들의 모습을 구경하노라면 소주가 옆에서 고운 목소리로 노래를 불렀다. 멀리 보이는 동네는 바람산에 폭 싸인 채 그림처럼 앉아 있고, 하얀색 교회 건물과 붉은색 목사관이 동네 한가운데 우뚝 서 있는 것이 보였다.

중학교에 입학한 지 얼마 되지 않아 나는 특별활동으로 미술부에 가입했다. 미술 시간에 그린 몇 점의 그림을 보고 미술 선생님이 적극적으로 권유하기도 했고, 나 역시 그럴 생각이었으므로 망설이지 않았다. 미술실에서 그림을 그리기 시작하면서 나는 다른 아이들보다 두 시간 정도 하교가 늦어졌다. 학교의 낡은 이젤에 화판을 세우고 그림을 그리다 보면 시간은 흘러가는 것을 느낄 새도 없이 금세 지나갔다.

석준이는 M여중과 버스 한 정거장 거리에 있는 남중에 진학을 했다. 가끔씩 버스에서 마주칠 때가 있었는데 키가 훌쩍 자라서인지 아이들로 복닥거리는 버스에서도 눈에 띄었다. 남색 상의에 회색 교복 바지를 입고 있는 석준이는 늘 꾀죄죄한 옷차림 때문에 추레했던 초등학교 때와는 사뭇 달라 보였다. 여전히 마르긴 했지만 제법 살이 붙어 왜소해 보일 정도는 아니었고, 초점을 잃은 것처럼 보였던 눈동자에도 생기가 돌았다. 무엇보다 손만 살짝 대도 무너질 것만 같았던 위태로움이 없어져 한결 든든해 보이기도 했다. 하지만 날카로운 경계심만은 여전해서 용케 사람들로 북적거리는 버스를 타고 있구나 하는 생각이 들었다.

내가 석준이를 차분히 관찰하고 있을 때 그 애가 갑자기 고개를 돌려 나를 정면으로 쳐다본 적이 있었다. 석준이는 알은체하거나 인사를 하지도 않았고 무표정한 얼굴로 한동안 나를 바라보다가 다시 고개를 돌려버렸다. 그때 석준이가 나를 싫어하고 있다는 느낌을 받았다. 그리고 왜인지는 모르겠지만 그런 석준이를 이해할 수 있었다.

*

교회 지역 연합회에서 성가 대회를 개최한다는 공문이 도착한 것은 소주와 내가 중학교 교복에 제법 익숙해진 초여름이었다. 우승한 사람에겐 소정의 상금과 함께 각 교회의 찬양 집회에서 노래할 수 있는 기회가 주어진다고 했다. 아빠의 서재 책상에서 그 공문을 발견하자마자 나는 당장에 소주를 떠올렸다. 참가 자격이 학생부부터 청년부까지였으니 소주도 당연히 참가할 수 있었다. 나는 교회마다 앞다투어 소주를 초빙하는 모습을 상상해보다 흐뭇한 미소를 지었다. 나는 밤새도록 성가집을 뒤적이며 소주에게 어울릴 만한 노래들을 찾았다. 소주는 내 반주에 맞춰 대상을 거머쥐게 될 것이다. 아니, 꼭 그렇게 만들겠다고 전의를 불태웠다.

소주는 열띤 내 말을 들으면서도 고개를 갸웃거렸다. 자기가 그만한 실력이 되겠느냐는 것이었다. 나는 내가 보증하니 걱정할 것 없다고 큰소리를 쳤다. 매일 저녁 만나 교회에서 연습하자는 내 말에 소주는 아무래도 상관없다는 듯 어깨를 으쓱하며 그러자고 대답했다. 하지만 나는 정말 멍청했다. 김선주 선생님을 간과하는 실수를 저지른 것이다. 나는 설마 그 여자가 대회에 참가하겠다고 나설 줄은 꿈에도 예상치 못했다.

"제 생각엔 소주가 참가하는 게 더 좋을 것 같은데요?"

내가 분명하게 반대하자 김선주 선생님은 까르르 웃었다.

"소주? 뭐? 소주라고? 어휴. 깔깔깔깔!"

나는 목젖이 보이도록 웃어젖히는 그 여자의 면상을 일그러뜨릴 만한 게 뭐가 있을까 생각하다가 불쑥 말했다.

"전 반주해드릴 수 없어요. 곧 기말고사거든요."

김선주 선생님은 여유 있게 미소 지었다.

"그것 참 다행히도 말이지, 주최 측에서 아주 실력 있는 반주자를 구해놓았다는구나. 내가 부를 곡목만 미리 통보해주면 되거든.

공부 열심히 해라."

나는 분개했지만 정작 당사자인 소주는 아무렇지도 않았다. 자기 실력이 어느 정도인지 소주는 전혀 알지 못했고 별로 알고 싶어 하지도 않았다. 소주는 어디에서 노래하건 하나님은 기쁘게 들어주실 테니 자긴 아무래도 좋다고 했다. 그 말은 소주의 진심이었다. 그 순간 내가 대회에 집착했던 건 소주를 얕잡아 보았기 때문임을 깨달았다. 내 무의식 어딘가에는 항상, 소주의 부족한 부분을 내가 채워줘야만 한다는 생각이 있었던 것이다. 내 천박한 기억력 때문에 자주 잊어버리지만, 소주는 언제나 나보다 훨씬 훌륭한 아이였는데 말이다. 그래도 내심 분통이 터지는 건 어쩔 수 없었다.

대회가 열리던 날, 성가대 전원이 버스를 대절해 대회 장소인 C시의 교회로 응원을 갔다. 그날 낮 예배 광고 시간에 아빠는 김선주 선생님의 선전을 기원했고, 교인들 모두 그녀가 큰일을 해낼 거라 치켜세웠다. 김선주 선생님 같은 사람도 긴장을 하는지 버스 안에서 내내 눈을 지그시 감고 계속 입술을 달싹거렸다. 아마 대회에서 부를 노래를 입속으로 되풀이해보는 모양이었다.

참가한 교회들만 오십여 개가 넘었는데, 김선주 선생님의 차례는 스물두 번째였다. 참가자 대부분은 반주자를 대동하고 왔지만 간혹 가다 혼자 참가한 사람들의 모습도 보였다. 참가자들은 오른쪽에 있는 성가대석에 앉아 대기했고 응원이나 구경을 하러 온 사람들은 일반 신도석에 자리를 잡았다.

참가자들의 실력은 무척 좋은 편이었으나, 나로 말하자면 김선주 선생님에 대한 증오에도 불구하고 그녀의 노래 실력이 그들보다 결코 뒤처진다고 말할 수 없다는 게 분했다. 별 탈 없이 순조롭게 진행되던 대회는 열세 번째 참가자가 주최 측이 준비한 반주자와 함께 나오면서 흥미진진해졌다.

노래를 시작한 열세 번째 참가자가 얼굴이 백지장처럼 창백해져서 반주자를 자꾸만 힐끔거리며 쳐다봤다. 반주자의 연주가 끔찍했던 것이다. 건반을 잘못 짚이 삐끗하는 거야 어쨌게 넘어가겠지만 대체 박자를 틀리면 어쩌자는 건지. 노래와 반주가 따로 놀다 죽사발이 되더니 끝내 산산이 부서지며 처참하게 끝을 맺었고, 청중들 모두 참가자에 대한 일말의 동정 때문에 터져 나오는 웃음을 참느라 이를 악물었다.

열네 번째 참가자가 노래를 부르고 있는데 김선주 선생님이 내 곁으로 살금살금 다가왔다.

"저기…… 말이야."

그녀답지 않게 말꼬리를 길게 늘이며 조금 머뭇거리기까지 했다.

"내가 부를 노래는 「주여 나를 평화의 도구로」거든. 너 칠 수 있지 않니?"

물론 나는 그 노래를 칠 수 있었다. 하지만 이런 굉장한 기회를 놓칠 수야 없지 않은가.

"당연히 못 치죠. 저는 별로 실력이 없어놔서."

김선주 선생님의 얼굴이 새빨개졌다. 그녀가 포기를 못하고 내 곁에서 한참 동안 머뭇거렸지만, 나는 무대만 뚫어지게 쳐다봤다. 소주는 옆에 앉아 안절부절못하며 내 눈치를 살폈다.

마침내 김선주 선생님의 차례가 되었다. 더듬더듬 끊어졌다 이어지는 끔찍한 전주가 흐른 뒤 '주여 나를 평화의 도구로 써주소서.'라는, 성 프란체스코의 유명한 기도 구절을 노래하는 김선주 선생님의 웅장한 목소리가 울려 퍼졌다. 그 한 소절 동안 반주자는 무려 네 번이나 건반을 잘못 짚었다. 김선주 선생님은 그래도 흔들리지 않고 눈을 가늘게 뜨면서 깊숙이 심호흡을 했다. 그녀가 "미움이 있는 곳에 사랑을"이라는 두 번째 소절로 들어가려는 순간, 반주자가 건반을 찾지 못해 순간적으로 반주가 뚝 그치며 뜬금없는 정적이 흘렀다. 김선주 선생님은 콧구멍 평수를 있는 대로 늘리면서 "미움이—"라고 노래하다 당황했다. 그녀는 다시 한 번 "미움이"라고 첫마디를 외쳤지만 안타깝게도 반주자는 이미 "—있는 곳에 사랑을"이라는 다음 부분을 치고 있었다.

그다음부터는 누가 더 실수를 많이 하나 내기라도 하는 것 같았다. 한번 자신감을 잃어버리자 김선주 선생님은 목소리마저 완전히 딴사람처럼 달라졌다. 나는 느긋한 기분으로 점점 파리해지는 그녀의 초췌한 얼굴을 즐겼다. 내가 그 대회를 통해 얻은 교훈은 인과응보였고 김선주 선생님이 얻은 교훈은 만시지탄이었을 것이다.

김선주 선생님의 일생 중 가장 끔찍한 순간으로 남을 대회였지만, 그녀는 거기서 신랑감을 만나는 행운을 얻었다. 다른 교회의 참가자였던 그 남자는 결과 발표를 하는 동안 김선주 선생님이 흘린 쓰라린 눈물을 보고 마음이 흔들렸다고 했다. 그래서 김선주 선생님이 그 대회를 통해 최종적으로 얻은 교훈은 새옹지마였다. 나는 약이 올랐지만 그녀가 결혼한 후 읍내에 있는 남편 교회로 출석을 하게 돼서 다시는 볼 일이 없어졌으니 결국 내게도 그리 나쁜 일은 아니었다.

*

여름방학이 얼마 남지 않은 더운 여름날 오후였다. 나는 미술실에서 늘 과제로 그리던 정물이나 석고상이 아닌, 떠오르는 이미지를 따라 마음껏 붓을 놀려 스케치도 없이 색을 칠하고 있었다. 색이 번지고 멈추다 건조되면서 새로운 자국이 생겨나고, 한 색이 다른 색들과 섞이며 예상치 못한 형태가 만들어지는 것은 미지의 세계를 더듬는 듯한 기쁨을 주었다. 그사이 미술부원들은 어느새 모두 돌아가 버렸고 미술실의 커다란 창문으로 긴 여름 해도 뉘엿뉘엿 저물고 있었다. 붓을 놓고 뒤로 물러나 반쯤 완성된 그림을 바라보다 무심코 시계를 보니 7시가 가까워져 있었다. 나는 그제야 사방이 어둑해지고 있다는 것을 깨달았다. 서둘러 가방을 챙기고 미술실을 나와 버스 정류장으로 달려갔다. 유난할 정도로 귀가 시간에 예민한 엄마 때문에 나는 초조해져 발을 동동 굴렀다.

마을까지 들어가는 버스를 기다릴 새가 없었기 때문에 빨리 오는 버스를 잡아타고 국도 변 버스 정류장에서 내렸다. 하늘에는 벌써 성급한 별들이 하나둘 나오고 있었지만 아직 완전히 어둡지는 않았다. 마을까지 잰걸음으로 삼십 분 정도 걸리니 다행히 저녁 식사 시간엔 늦지 않을 것 같았다. 나는 무거운 가방을 어깨에 둘러메고 빠르게 걷기 시작했다.

"무슨 가방이 너만 하냐?"

갑자기 들려온 굵직한 목소리에 나는 깜짝 놀라 뒤를 돌아봤다. 석준이였다. 변성기 때문인지 목소리가 전혀 다른 사람 같았다. 석준이를 본 것은 아주 오랜만이었다. 가끔 소주네 놀러 갈 때마다 석준이는 영감님을 따라 과수원이나 산에 올라가 있었고 집에는 늘 소주 혼자만 있었던 것이다.

"오랜만이야."

석준이는 내 인사를 듣는 척도 안 하더니 내 가방을 번쩍 들어 자신의 어깨에 걸쳤다.

"이러니까 네 키가 땅콩만 한 거야. 가방 안에 돌덩이라도 넣고 다니냐?"

석준이가 성큼성큼 걷기 시작했고 나는 당황하면서 서둘러 좇아갔다.

"넌 왜 이렇게 늦게 오는 거야?"

숨이 차 헐떡거리며 겨우 묻자 석준이는 무표정한 얼굴로 대꾸했다.

"나 정학 중이야. 반성문 쓰다가."

"왜 정학을 받았는데?"

석준이는 아무런 대꾸도 없었다. 나도 입을 다물었고 우리는 한동안 말없이 걸었다. 주위는 차츰 어둑해져 파랗게 자란 벼들 위에 소리 없이 어둠이 내려앉았고 선선한 여름 바람이 머리를 스치고 지나갔다. 개구리들이 목이 터져라 울어대는 소리가 시끄럽게 들려왔지만 우리의 어색한 침묵을 가려주진 못했다. 석준이는 자꾸 걸음이 빨라졌다. 나는 거의 뛰다시피 해야 했는데, 그 애는 아예 신경조차 쓰지 않는 것 같았다.

"박석준!"

내가 이름을 부르자 석준이가 뒤돌아봤다. 내 이마에선 땀이 흐르고 있었다.

"그냥 가방을 날 주고 먼저 가든가 아니면 좀 천천히 걸어줘. 도저히 못 좇아가겠어."

"넌 도대체 왜 그렇게 굼뜬 거냐?"

석준이는 투덜거리며 인상을 찌푸렸지만 발걸음을 늦춰 천천히 걷기 시작했다.

"왜 정학을 받았어?"

내가 다시 한 번 물어보자 석준이는 나를 흘긋 스쳐봤다.

"담임이 때리려는 걸 손으로 막았어."

"더 맞지는 않았고?"

"우리 담임은 배 나온 중늙은이야. 내가 더 힘이 세다고."

"좋아! 잘했어."

"뭐?"

나는 걸음을 멈추었고 놀란 듯한 석준이의 얼굴을 똑바로 마주 보았다.

"절대 맞지 마. 앞으로 누구한테도, 어디서든 절대 맞지 마. 절대로, 어떻게 해서든 맞지 마. 절대로, 맞지 마!"

석준이의 얼굴이 묘하게 일그러졌다. 화가 난 건지, 황당해하는 건지 알아볼 수 없는 이상한 표정이었다. 나는 다시 발걸음을 옮겼고 석준이도 말없이 따라왔다. 갈림길에서 가방을 건네받느라 잠시 내 손과 그 애의 손이 부딪쳤다. 석준이는 어색해하며 얼른 손을 떼었고 뒤돌아서서 성큼성큼 걸어가 버렸다.

그 주 토요일엔 학교에서 돌아온 후 바로 소주를 찾아갔다. 소주와 만날 기회가 점점 더 적어졌기 때문에 일부러 시간을 낸 것이다. 시원한 민소매 원피스를 꺼내 입고 샌들을 신은 뒤 화구를 챙겨 들고 가보니 소주는 과수원에 내갈 새참을 준비하는 중이었다.

"마침 잘 왔어. 같이 가자. 할아버지가 안 그래도 너 요즘 어떻게 지내느냐고 물어보시더라. 아마 보고 싶으셨나 봐. 석준이 본 지도 한참 됐지?"

"얼마 전에 만났어. 석준이 정학받은 거 왜 얘기 안 했어?"

나는 김치부침개를 손가락으로 뜯어 먹으며 물어봤다.

"뭐? 정학? 그게 무슨 소리야?"

소주는 깜짝 놀랐고 나 역시 놀라 되물었다.

"모르고 있었어? 학교에서 연락 안 왔어?"

"할아버지가 아무 말씀도 안 하셔서 몰랐어."

"그렇구나. 당연히 너도 알고 있을 줄 알고. 석준이한테 내색 안 하는 게 좋겠다."

소주가 걱정스러운 표정으로 고개를 끄덕였다.

"왜 정학받았는지 물어봤어?"

"담임이 때리려는 걸 손으로 막았대."

소주는 한숨을 내쉬었다.

"우리 반 애들 말이, 남중은 우리 학교랑 달라서 엄청 두드려 맞는대. 별거 아닌 일에도 선생들이 막 각목을 휘두른다고 하더라. 안 그래도 석준이 때문에 걱정했거든. 그래도 별 탈 없이 잘 다니는 것 같아서 안심하고 있었는데……."

"석준이 학교생활은 어떤 거야? 성적은?"

"학교생활이야 말을 안 하니까 나도 잘 모르고, 성적은 중간 정도. 근데, 우리 집 처음 왔을 때에 비하면 지금은 진짜 많이 좋아진 거야. 이젠 밤에 잠도 잘 자고, 밥도 무지 많이 먹어. 남자애는 역시 먹는 게 다르더라. 그리고 얼마나 열심히 할아버지를 돕는지 몰라. 빨래 같은 거도 다 자기가 해 입고. 석준이 덕에 오히려 우리가 편해졌어."

나는 물이 든 주전자를 받아 들고 소주와 함께 과수원으로 올라갔다. 완만하고 구불구불한 산길을 따라 한참을 올라가다 보면 한가로이 풀을 뜯고 있는 염소와 누런 황소 들이 보였고, 간간히 흩어져 있는 들꽃들 사이로 산 중턱에 아담하게 자리 잡은 소주네 과수원이 나타났다.

영감님은 나를 보자 복숭아 따던 손을 멈추고 씨익 웃어주었다. 얼굴이 그새 더 주글주글해진 것 같았지만 몸은 여전히 활기차고 건강해 보였다. 나는 과수원을 둘러보다 안쪽에서 묵묵히 복숭아를 따고 있는 석준이를 발견했다. 석준이는 소주가 손짓하며 부르자 손을 털고 장갑을 벗은 후 다가왔다.

"배고프지? 얼른 먹어."

석준이는 소주가 편 자리에 앉아 주먹밥을 하나 집어 들더니 한 입 덥석 깨물었다. 영감님은 그런 석준이를 흐뭇하게 바라보다 당신도 주먹밥을 들고 먹기 시작했다. 나는 별로 배가 고프지 않았기 때문에 스케치북을 꺼내 들고 바위에 앉아 내려다보이는 풍경을 스케치했다. 연필로 대강 구도를 잡고 그림을 그리다 고개를 돌려 밥을 먹고 있는 세 사람을 지켜봤다. 소주가 계속해서 재잘대면 영감님은 가끔 웃음을 터뜨렸고, 석준이는 이렇다 할 반응 없이 고개를 살짝 오른쪽으로 숙인 채 밥만 먹고 있었다. 하지만 나는 석준이가 뭔가를 집중해서 들을 때면 고개를 오른쪽으로 살짝 숙이는 버릇이 있다는 것을 알고 있었다.

새참을 다 먹고 일어선 석준이가 다시 안쪽으로 들어가 작업을 시작했다. 나는 스케치북을 넘긴 후 그 애의 움직이는 모습을 여러 장 크로키 했다. 석준이의 옆모습은 날카로운 편이었고 군살 없는 팔다리는 아주 유연했으며 적당히 벌어진 어깨는 이제 막 어린 티를 벗고 있었다. 석준이는 못마땅한 듯이 내 쪽을 여러 번 쳐다봤지만 결국 아무 말도 하지 않고 그림을 그리도록 해주었다.

*

2학년이 되자 나는 눈코 뜰 새도 없었다. 학교 수업이 끝나면 미술실로 직행했고 미술 레슨이 끝나는 대로 과외 선생 집으로 달려가 두 시간 정도 수업을 들었다. 토요일에는 학생회 예배며 행사, 일요일은 하루 꼬박 예배와 성가대 연습 등으로 보내야 했다. 그래도 집으로 돌아가는 길이나 아침 통학 버스를 타면서 석준이와 몇 번 마주칠 때도 있었다. 겨울방학이 지나고 나자 석준이의 키는 더 자라 있었고 어깨도 더 넓어져서 이젠 누가 봐도 어린아이처럼은 보이지 않았다. 석준이는 예전처럼 나를 보고도 못 본 척하지는 않았지만 무심하고 담담한 얼굴 표정은 고개를 돌려 외면하는 것만큼이나 냉정해 보였다. 석준이는 아침 등교를 소주와 함께하고 있는 것 같았다. 어쩌다 등굣길에 소주를 우연히 만나기라도 하는 날엔 어김없이 석준이가 옆에서 소주의 가방을 대신 들어주고 있었다. 석준이는 우리가 이야기를 나누는 동안 한 걸음 앞서 걸었으며 버스를 기다리는 동안에도 멀찍이 떨어져 있었다. 석준이는 점점 더 말이 없어지는 것 같았다. 교회에서 소주를 만나 석준이에 대해 가끔 물어보아도 소주는 석준이의 사생활에 대해 나만큼이나 아는 것이 없었다.

"학교는 그럭저럭 다니고 있는 것 같아. 할아버지한테 슬쩍 물어봐도 그때 이후 또 정학을 받거나 그러진 않았더라. 근데 너도 알다시피 석준인 자기에 대해 아무 말도 안 해서……. 친구가 있는 것 같지도 않고……. 성적은 꽤 괜찮아. 할아버지가 그러시는데, 석준이가 이번 중간고사 때 반에서 10등을 했다는 거야. 깜짝 놀랐지 뭐야. 할아버지가 그러지 말라는데도 학교 가기 전에 산에 가서 꼭 나무를 해 와. 학교 끝나면 바로 돌아와서 과수원으로 가고. 주말에는 일손 필요하다는 곳에 가서 할아버지랑 같이 품을 팔아 돈도 벌어 와. 할아버지는 그 돈을 석준이더러 쓰라고 했지만 석준이가 한사코 우겨대서 할아버지가 그냥 받으셔. 공부는 도대체 언제 하는 건지 모르겠어. 많이 피곤할 텐데. 나도 석준이는 아침저녁으로 잠깐 보는 게 다야."

"건강은 별 이상 없는 거야? 그러니까…… 워낙 많이 맞았었으니까."

"음, 내가 보기엔 괜찮은 것 같아. 키도 잘 크고, 먹는 거에 비해 살이 안 붙어서 그렇긴 한데 워낙 활동량이 많으니까. 근데, 사람 마음이라는 게 참 이상해. 함께 지낸 지 얼마나 됐다고 가끔 석준이 등에 있는 흉터를 볼 때마다 깜짝 놀라게 돼. 어, 그랬었지. 맞아, 석준이는 그랬었어, 그러면서."

내 방 창에서 한쪽으로 푹 꺼진 석준이네 집 지붕을 내려다볼 때마다 그 집에서 풍기던 지독한 악취가 고깥에서 맡아지는 것만 같았다. 계절이 몇 번이나 바뀌는 동안 비바람과 폭풍우가 몰아쳐도 그 썩어가는 초가집은 멀쩡히 살아남아 여전히 기괴한 모양으로 굳건히 서 있었다. 나는 질릴 정도로 끈질긴 그 집이 석준이의 마음 속 어딘가에서도 뿌리를 내리고 있을까 두려웠다.

어느 토요일 오후, 나는 버스에서 내려 동네로 들어가는 길을 걷고 있었다. 논에 드문드문 세워진 허수아비들의 나무 팔에는 햇빛을 받아 반짝거리는 반짝이 줄이 길게 매달려 있었다. 붉은색과 은색의 줄이 빛을 발할 때마다 눈이 부셨다. 마침 줄 위로 날아가고 있는 잠자리 한 마리의 날갯짓을 지켜보다 내 시선이 살짝 뒤를 향했다. 약간 먼 거리를 두고, 석준이가 조용히 내 뒤를 따라오고 있었다. 석준이는 내 시선을 눈치채지 못한 채 내 뒷모습을 물끄러미 보고 있었다.

나는 어떻게 할까 잠시 망설이다가 다시 시선을 똑바로 한 후 걸음을 조금 늦췄다. 석준이의 발걸음도 함께 느려지는 것이 느껴졌다. 나는 아주 천천히 걸으며 간간히 손을 뻗어 길가에 핀 코스모스를 주르륵 훑었다. 다 익은 벼들이 흘러넘치는 황금빛 거품처럼 가을바람을 타고 넘실거렸고 가녀린 코스모스들이 내 손가락 사이로 모이다가 흩어졌다. 말없이 호주머니에 손을 찔러 넣은 채 느릿느릿 걸으며 내 뒷모습을 바라보고 있는 석준이의 시선을 나는 온몸으로 느끼고 있었다.

갈림길에 접어든 후 잠시 망설이다 뒤를 돌아보았다. 석준이의 모습은 이미 보이지 않았다. 고요한 가을 들판에 부는 바람이 내 머리카락을 가볍게 흔들었고 까닭 모를 아쉬움에 나는 그 자리에 한참 서 있었다.

영감님

3학년이 되자 더욱 소주를 만나기 힘들어졌다. 내가 바쁜 것은 물론이고, 소주도 틈나는 대로 과수원 일이며 집안일을 거들어야 하는 데다 학교 공부를 따라가려면 하루도 놀 수가 없었다. 진학반이 된 아이들은 쉬는 시간에 몰려다니며 놀던 짓도 그만두었고, 모두들 문제집이나 참고서를 펴놓고 각자 부족한 과목을 메우느라 여념이 없었다. 아이들 대부분이 가고 싶어 하는 학교는 읍내에서 버스로 삼십 분 거리에 있는 C시의 명문 여고였다. 그 학교에는 C시는 물론이고 E읍뿐 아니라 인근의 다른 읍이며 면에 있는 학교에서 성적이 좋은 아이들은 모두 모여들었으므로, 반에서 상위 20% 안에 들지 않으면 아예 지원서조차 써주지 않았다. 과외는커녕 집

안일을 도맡아 하며 틈틈이 공부해야 했던 소주는 간신히 20% 안에 들고는 있었으나 진학에 대해 여러 가지로 고민이 많았다. 소주는 빨리 졸업해서 돈을 벌고 싶어 했다. 영감님이 날이 갈수록 점점 더 늙어갔고 이제 집안의 험한 일은 거의 석준이가 맡아 하게 되면서 영감님은 물론이고 소주도 석준이에게 심적으로 많이 의지하고 있었다. 소주는 석준이가 그런 부담을 짊어지게 된 것을 무척 미안해했다. 소주는 상업 계열로는 최고로 알려진 C시의 여상에 진학하고 싶어 했으나 학기 초 면담에서 담임선생님에게 비관적인 이야기를 듣고 완전히 풀이 죽어 있었다.

소주가 할 이야기가 있다며 잠깐 시간을 내달라고 교실로 찾아온 것은 학교 담장에 개나리가 활짝 핀 봄날이었다. 우리는 모처럼 방과 후에 만나 학교 앞 분식점에서 떡볶이와 순대를 먹으며 이런저런 이야기를 나눴다. 소주는 먼저 석준이 이야기를 꺼냈다. 석준이가 고등학교 진학을 원하지 않는다고 무거운 목소리로 털어놨고 자신이 어떻게 해야 좋을지 모르겠다며 한숨을 쉬었다.

"석준이는 그냥 새로 생긴 방직공장에 취직이나 하겠다는 거야. 그렇게 성적이 좋은데, 난 도저히 이해가 안 돼."

"영감님은 뭐라셔?"

"물론 고등학교에 가야 한다고 여러 번 말씀하셨어. 하지만 석준이가 전혀 듣는 눈치가 아니라……."

"……영감님한테 미안해서 그러나?"

내 말에 소주의 얼굴이 더욱 어두워졌다.

"말도 안 돼. 그간 과수원 일 거들어준 것만 해도 자기 학비랑 생활비는 벌고도 남았어. 석준이는 그냥 우리 집을 빨리 나가고 싶은가 봐."

"그건 아닐 거야."

나는 위로하듯 말했다.

"그냥 학교를 더 이상 다니고 싶지 않은 모양이지, 뭐."

"너는 어떻게 하는 게 좋을 것 같아?"

소주가 포크를 내려놓으며 물었다.

"그야, 석준이가 좀 더 공부했으면 좋겠어. 아무래도 고등학교 정도는 가는 게 좋겠지. 그건 그렇고, 넌? 아직도 여상에 진학할 생각인 거야?"

"담임이 그래도 취업은 어려울 거래. 어떻게 해야 할지 모르겠어."

"네가 여상에 진학하는 건 나도 반대야. 여상엘 들어가서 원하는 대로 좋은 일자리를 잡으면 좋겠지만 담임 말대로 너한텐 오히려 그게 더 어려운 일이잖아. 어울리지 않는 일을 일부러 할 필요는 없어."

소주는 심란한 얼굴로 고개를 끄덕이면서 영감님과 잘 얘기해보겠다고 했다.

소주는 자신에게 중요하다고 생각되는 문제들은 언제나 내게 상담해왔다. 소주의 주변엔 깊은 고민이나 소소한 문제들을 마음 편히 터놓고 얘기할 사람이 별로 없었다. 소주의 첫 생리는 중학교 1학년 봄이었고 나는 중학교 2학년 겨울이었다. 내가 소주보다 늦었지만 엄마는 내가 중학생이 되자마자 생리대며 브래지어 착용법을 자세히 알려줬으므로 소주가 새파랗게 질려서 우리 집으로 뛰어왔을 때 적절한 도움을 줄 수 있었다. 소주는 생리대의 접착 부위를 팬티가 아니라 몸에다 붙이는 줄 알고 있었다. 나는 소주의 엉덩이에 찰싹 붙어 있는 생리대를 떼어주면서 누구나 저지르는 실수라고 안심시켜주었다.

나는 과외도 빼먹은 채 소주와 수다를 떨다가 오랜만에 함께 집으로 돌아갔다. 우리는 덜컹거리는 버스의 맨 뒷자리에 앉아 계속 손을 잡고 있었다. 나는 소주의 어깨에 머리를 기댄 채 소주가 신나게 떠들어대는 별것 아닌 이야기들을 들으며 행복해했다. 내가 그런 사람이 아니었으면 정말 좋았겠지만, 내 깊숙한 곳엔 아직도 소주의 왼팔을 부끄러워하는 마음이 남아 있었다. 또한 소주의 가난이 불편하고 껄끄럽다는 자의식도 어쩔 수 없었다. 나는 자신의 못난 부분들을 소주를 통해 보고 있었고, 그 때문에 자신이 한심해질 때도 있었다. 하지만 자신의 모습을 정확히 볼 수 있어야 더 나은 사람도 될 수 있는 거였다. 만일 내가 이전보다 조금이라도 성장했다면, 그건 소주 덕분이었다.

차창 밖으로 흘러가는 풍경들은 익숙한 듯하면서 낯설었다. 최근 몰려드는 인구 때문에 계속해서 확장되고 있는 인근 도시의 흔적들이 마치 젖은 도화지에 실수로 떨어뜨린 물감처럼 나무들과 들판, 산 곳곳으로 침입해 있었다. 하나둘 늘어나는 생소한 불빛들과 함께 네모지고 삭막한 건물들이 듬성듬성 들어섰고, 어디서든 쉽게 만날 수 있는 불도저와 포클레인 들이 발간 맨몸을 드러낸 흙길 여기저기에 진을 치고 있었다. 그것들은 이제 그곳의 몇 안 남은 여린 나무들과 아직은 푸른 산들도 곧 모조리 깎여나갈 것임을 예감케 했다. 하지만 버스가 동네로 가까워질수록, 풍경은 계속해서 끊어질 듯 이어지는 산들을 달려 그 밑에 넘실대는 벼와 버드나무와 풀 들의 일렁임을 따라갔다. 멀리 보이는 우뚝 솟은 바람산 밑으로 동네의 익숙하고 다정한 불빛들의 반짝거림이 보이자 나는 가만히 한숨을 쉬었다.

*

소주 아버지가 집을 나간 지 십오 년 만에 불쑥 돌아온 것은 제법 더운 바람이 도는 초여름의 토요일 오후였다. 낡고 먼지 낀 구두 뒤축을 꺾어 신은 채로 발을 질질 끌며 동네로 들어서는 그를 알아보는 사람이 아무도 없었으므로, 영감님이 과수원에서 돌아온 늦은 저녁이 되어서야 그는 오랜만에 돌아온 고향에서 겨우 자기를 알아보는 사람을 만날 수 있었다. 소주는 아버지가 돌아온 다음 날 교회에서 만난 내게 그 이야기를 해줬지만 무척 담담했다.

"엄마야 이미 죽었으니까 그렇다 쳐도, 아버지는 어디선가 우연히 만나면 꼭 알아볼 수 있을 것 같았거든. 그냥, 아, 내 아버지구나, 하고 눈빛만 봐도 알아챌 수 있지 않을까 막연히 그렇게 생각했어."

"그런데?"

"전혀 아니었어. 너무 낯설고 생소하더라. 그냥 불편하기만 해."

소주가 누구에 대해 그런 식으로 이야기하는 건 처음 있는 일이라 나는 조금 이상한 기분이 들었다.

"아버진 뭐 하고 계셔?"

"어제 내가 학교에서 오자마자 밥상 차리라고 난리더니, 밥 먹고 나서 지금껏 계속 잠만 자고 있어. 석준이가 안됐어. 초여름이라도 새벽엔 쌀쌀한데, 어젯밤에 마루로 나가서 잤거든."

"계속 여기서 사신다던?"

"그런 건 아닌가 보더라. 사업이 너무 바빠서 오래 있을 수 없대. 그냥 할아버지 보고 싶어서 온 거라니까 금세 돌아가겠지."

소주는 서운하기보단 오히려 안도하는 것 같았다. 소주 아버지가 인근에서 유명한 개망나니였다는 거야 동네가 다 아는 사실이었고, 영감님이 그 아들에게 자주 두드려 맞았다는 건 소주도 어렸을 때부터 동네 사람들에게 귀가 닳게 들어 알 만큼 알고 있었다. 그래도 나는 그간 소주가 아버지에 대해 험담하거나 서운함을 내

비치는 것을 한 번도 보지 못했다. 아마 직접 만나게 된 아버지의 모습이 소주가 막연하게 생각하던 것과는 많이 다른 모양이었다.

"그래도, 너도 보고 싶고 영감님도 보고 싶어서 어렵게 오셨나 보다."

내가 밝은 목소리로 말해봐도 소주의 표정은 그다지 나아지지 않았다.

"석준이도 그렇지만 할아버지가 너무 불편해하셔. 이젠 건강도 안 좋으신데. 어제는 글쎄, 석준이 같은 고아 너석 거둬다 먹이는 거 보니까 살 만한가 보다고 그러는 거야. 석준이를 뻔히 눈앞에 두고. 휴, 정말."

나는 소주의 어깨를 가만히 어루만져 주었다. 소주의 커다란 눈에 눈물이 글썽글썽했다.

"너무 속상해하지 마."

소주는 고개를 끄덕였지만 말로 위로가 되는 일이 아니라는 것쯤은 나도 알고 있었다.

불쑥 끼어든 소주 아버지의 이물감은 내게도 불편하고 어색하기만 했다. 그만큼 석준이와 영감님, 그리고 소주가 그동안 완벽한 가족으로 살아왔다는 뜻이기도 해서 새삼 영감님의 커다란 존재감이 느껴졌다. 가족이란 피를 나누는 게 아니라 밥을 나누는 거다, 라고 영감님이 언젠가 말했었다. 소주네 온 지 얼마 안 돼, 석준이가 계속 밤마다 악몽을 꾸며 밥도 제대로 먹지 못했을 때였다. 영감님의 그 말에 석준이는 숟가락을 들고 밥상에 앉기 시작했다. 석준이도 가족이 절실히 필요했던 것이다.

다음 날 이른 새벽 학교를 가기 위해 집을 나섰다가 길에서 기다리고 있는 소주를 보고 깜짝 놀랐다. 소주는 안색이 창백했고 입술까지 파랗게 질려 있었다.

"무슨 일이야?"

내가 놀라며 소주의 손을 잡자 그 애의 눈에서 굵은 눈물방울이 떨어졌다. 소주는 함께 언덕을 내려가며 엄청난 이야기를 털어놓았다.

어제 네 사람이 둘러앉은 저녁상을 앞에 두고 기어이 일이 터졌다. 내내 말이 없던 영감님이 빨리 돌아가라고 하자 소주 아버지는 언성을 높이며 영감님에게 욕설을 퍼부었다. 그 때문에 석준이까지 화가 나서 분위기가 험악해졌다. 소주 아버지는 과수원을 내놓지 않으면 대신 소주를 데려가겠다고 으름장을 놓았다. 영감님이 짐승만도 못한 놈이라고 소리를 지르자 소주 아버지가 갑자기 상을 둘러엎었다. 유리그릇들이 와장창 깨지면서 방이 곧 난장판이 되었다.

석준이가 험악한 표정으로 일어서자 소주 아버지는 허리춤에서 작지만 날렵해 보이는 회칼을 꺼내 들었다. 영감님이 그러지 말라며 손을 뻗었다가 소주 아버지가 휘두르는 칼에 팔을 베이고 말았다. 열을 받을 대로 받은 석준이가 더는 참지 못하고 달려들었다. 하지만 소주 아버지가 휘두른 칼에 옆구리를 찔리면서 석준이가 중심을 잃고 비틀거렸다. 겁에 질린 소주가 비명을 질렀다. 소주 아버지가 다시 칼을 휘둘렀지만 일그러진 건 석준이가 아니라 아버지의 얼굴이었다. 그 모습이 소주에게는 깡통이 구겨지는 것처럼 보였다. 소주 아버지는 목에 꽂혀 있는 유리 조각을 이상하다는 듯 만졌지만 곧 피가 쿨럭쿨럭 뿜어져 나오며 그대로 거꾸러졌다. 그 뒤에는 영감님이 손에 잔뜩 피를 묻힌 채 서 있었다. 영감님도 그 자리에 쓰러지며 기절했다.

소주는 울고만 있을 때가 아니라는 생각에 정신을 차렸다. 이불 호청을 뜯어내 두 사람의 상처를 꽁꽁 싸맨 후 구급차를 부르려고 했지만 석준이가 말렸다. 석준이는 먼저 방을 치우고 시체를 처리해야 한다고 했다. 소주는 방금 벌어진 일보다 시체를 처리해야 한다는 석준이의 말이 더 무섭게 들렸다. 소주가 파랗게 질린 채 벌벌 떨자 석준이는 소주를 안아주며 자기가 다 알아서 할 테니 걱정하지 말라고 했다. 이상할 정도로 침착한 석준이 때문에 소주는 모든 일이 꿈처럼 느껴졌다. 두 사람은 방을 치운 뒤 질펀하게 흘러넘친 피를 닦아냈고, 소주 아버지의 신발과 피 묻은 옷가지 같은 것들을 아궁이에 모조리 불태웠다. 석준이는 동네가 완전히 잠들기를 기다렸다. 시계가 새벽 2시를 가리키자 석준이는 이불 호청으로 둘둘 만 시체를 지게에다 실은 뒤 짚단을 그 위에 덮었다. 소주는 혼자

가겠다는 석준이에게 자기도 같이 가겠다고 우겼다. 석준이는 내켜하지 않았지만 그래도 아버지니 같이 가서 묻어줘야 한다는 소주의 말에 더 이상 반대하지 않았다.

소주는 나무 밑에 앉아 땅을 파는 석준이의 모습을 지켜보았다. 옆구리의 고통이 상당할 텐데도 석준이는 별 내색을 하지 않았다. 소주는 그동안 석준이가 자기 속을 내비친 적이 거의 없음을 새삼 깨달았다. 소주도 자리를 털고 일어나 제법 깊어져가고 있는 구덩이로 들어가 맨손으로 흙덩이를 쥐어 밖으로 내던졌다. 두 사람이 만족할 만큼 깊이 구덩이를 팠을 때는 부옇게 동이 터오고 있었다. 두 사람은 아버지의 시체를 묻은 뒤 서둘러 산을 내려왔다.

"영감님이……."

내가 힘없이 중얼거리자 소주는 떨리는 목소리로 말했다.

"어쩔 수 없었어. 할아버지가 아, 아버지를 그, 그렇게 안 했으면 석준이가 죽었을 거야."

소주는 다시 눈물을 떨어뜨렸다. 나는 소주를 꼭 안아주었다. 도움을 청할 사람이 나밖에 없는 소주의 처지 때문에 가슴이 아팠다. 소주는 계속해서 흐느끼고 있었다.

"근데, 정말 괜찮을까? 너희 아버지가 여기 왔다는 걸 누가 알고 찾기라도 하면……."

내가 겁먹은 목소리로 묻자 소주가 고개를 저었다.

"아버지 행색으로 봐선 걱정해서 찾을 사람이 있을 것 같진 않아. 그리고 모습이 너무 달라져서, 마을 사람들이 아버질 봤다 해도 알아보지 못했을 거야. 석준이도 우린 모른다고 잡아떼면 되니까 걱정 말라고 그랬어."

"그럼 영감님은 새벽에 구급차를 불러 응급실로 모시고 간 거야? 상태는? 병원엔 뭐라고 했는데?"

"의사는 할아버지 연세가 너무 많아서 잘 모르겠다고. 큰 충격을 받았고 상처도 심하대. 할아버지는 다행히 팔 쪽에 상처를 입으셔서 농기구에 다쳤다고 대충 둘러댔어. 의사도 그냥 믿는 눈치고. 근데 석준이는 다친 부위가 너무……."

소주는 부르르 떨리는 입술을 깨물었다.

"소주야, 내 말 잘 들어. 넌 병원으로 다시 가 있어. 할아버지 곁을 비우면 안 되잖아. 내가 석준이한테 가 있을게. 학교에 연락은 했어? 안 했다고? 그럼 안 되지. 석준이네 학교에도 연락하고 너도 담임한테 전화해서 할아버지가 많이 편찮으셔서 못 간다고 해. 그리고…… 미안하지만 우리 담임한테도 네가 전화 좀 넣어줘. 우리 엄마라고 하고, 오늘 결석할 거라고. 잘할 수 있지?"

나는 소주를 돌려보낸 뒤 다시 집으로 돌아갔다. 한창 청소를 하고 있던 엄마는 다시 들어오는 나를 보고 깜짝 놀랐다.

"무슨 일이니?"

"뭐 놓고 간 게 있어서요."

"원, 정신하고는. 빨리 해라. 늦겠어."

나는 방으로 돌아가 정신없이 책상을 뒤졌다. 지난 겨울방학 때 나는 윤에게서 일주일에 두 번씩 과외수업을 받았었다. 엄마가 특별히 부탁하기도 했고 윤도 용돈도 벌 겸 한 달가량 수업을 해주었던 것이다. 윤은 자신의 공부를 위해 방학이 끝나기 전에 서울로 올라가면서 하숙집 전화번호를 나에게 주었고 잘 모르겠는 게 있으면 전화로 물어보라고 했었다. 서랍에 넣어둔 채 까맣게 잊어버리고 있었는데, 혹시 버린 건 아닌가 하고 초조해졌다. 마침내 서랍 구석에서 윤이 적어준 메모지를 찾아내고 나는 안도의 한숨을 내쉬었다.

나는 다시 집을 나와 마을에 하나뿐인 가게 앞 공중전화로 달려갔다. 신호가 몇 번 울린 후 하숙집 주인 여자가 전화를 받았고, 아직 학교에 가지 않았기를 간절히 바라면서 윤을 바꿔달라고 했다. 영원처럼 느껴지는 침묵이 흐른 뒤 윤의 목소리가 전화선을 타고 들려왔다.

"여보세요. 서윤입니다."

나는 여전히 부드러운 그의 목소리에 힘을 얻어 입을 열었다.

"오빠. 나 명지야."

"어! 명지! 반갑다. 잘 지냈어?"

윤은 결코 웬일이냐라든가 무슨 일로 전화했느냐고 묻지 않았다. 내 전화를 아주 반가운 친구의 전화라도 되는 것처럼 받아주어서 더 기운이 났다.

"저, 오빠. 부탁이 있어서 전화했어."

"음, 그래? 말해봐. 뭔데?"

"저……."

나는 잠시 망설이다가 숨을 가다듬고 마침내 말을 꺼냈다.

"칼에 맞은 사람이 있어. 옆구리 쪽인데 어느 정도인진 모르겠어. 치료를 해줄 사람이 필요해. 오빠가 와줬으면 좋겠어."

잠시 침묵이 흘렀다.

"빨리 병원엘 데려가야지!"

윤이 신중하게 하는 말을 듣고 나는 심장이 내려앉는 것 같았다.

"그럴 수 없어. 그러니까 오빠한테 전화한 거야. 제발 도와줘. 제발."

나는 필사적으로 매달렸다. 수화기 저편에서 윤이 심각하게 생각에 잠겨 있는 모습이 보이는 것 같았다.

"그게 누군데?"

"석준이."

그리고 다시 침묵. 나는 포기하고 전화를 끊을까 망설였다. 이러고 있느니 다른 방법을 찾아보는 게 나을 것 같았다. 마침내 윤의 목소리가 들려왔다.

"지금부터 출발해도 두세 시간 걸릴 거야. 그리고 미리 말해두겠는데, 내가 봐서 도저히 어쩔 수 없을 땐 병원으로 가는 거야. 알았지?"

나는 전화라는 사실을 깜빡하고 고개를 끄덕이다가 "응."이라고 대답했고, 윤이 수화기 내려놓는 소리를 들었다. 수화기를 내려놓는 내 손이 덜덜 떨리고 있었다.

윤이 소주네 집에 도착한 것은 오전 11시가 좀 안 됐을 때였다. 윤은 들어오자마자 안방으로 들어가 꽁꽁 싸매진 헝겊을 풀고 석준이의 상처를 살펴보았다. 그리고 무슨 일이냐는 듯 나를 쳐다보았지만 나는 입을 꽉 다문 채 아무 말도 하지 않았다. 윤은 가지고 온 구급상자를 열어 마취용 주사와 의료용 바늘과 실을 꺼내 들었다. 윤은 거즈로 대충 피를 닦아내고 꼼꼼히 소독을 한 뒤 주사로 석준이의 옆구리 쪽에 부분 마취를 했다. 치료를 끝낸 윤이 석준이에게 주사를 한 대 놓았다.

"자, 이제 무슨 일인지 말해봐."

윤이 물었지만 나는 불안한 마음에 석준이에게서 눈을 떼지 못하며 되물었다.

"왜 정신을 못 차리는 거야? 기절이라도 한 거야?"

"아니야. 잠들었어. 잘 만큼 자고 나면 정신 차릴 거야. 난 무슨 일인지 설명 정도는 들을 권리가 있다고 생각하는데?"

윤이 부드럽지만 단호하게 말했고 나는 어떤 식으로 이야길 해야 하나 주저했다. 윤은 참을성 있게 대답을 기다렸다.

"싸움을 하다 다쳤어. 저, 도, 동네 양아치들하고. 석준이 잘못은 아닌데, 시비가 붙는 바람에. 병원에 데려가면 학교에 알려질 거고 그럼 퇴학을 받을 수도 있잖아. 그래서…….”

“소주하고 할아버지는?”

“할아버지가 편찮으셔서 병원에. 이, 일하다가 다치셨거든.”

윤은 한동안 나를 뚫어지게 바라보다가 심란한 얼굴로 석준이에게 눈길을 돌렸다. 상처를 꿰매기 위해 윗도리를 들쳤을 때 석준이 등에 남아 있는 선명한 흉터를 본 것이다.

“너 학교는 어쩐 거야?”

“빠졌어. 오빠처럼. 수업 빠지게 해서 미안해.”

“됐어. 뭐, 오늘은 다행히 강의가 별로 없는 날이야.”

윤은 가방을 챙겼다.

“네 말을 다 믿진 않지만 더 묻지 않을게. 약이랑 필요한 거 놓고 갈 테니 이틀 후에 붕대 갈아주고 만일 무슨 문제가 생기면 지체하지 말고 다시 나한테 전화해. 알았지?”

나는 고개를 끄덕였고 배웅을 하기 위해 윤을 따라 나갔다. 윤이 막 떠나려고 할 때 나는 진심으로 말했다.

“오빠라면 와서 도와줄 줄 알았어. 정말 좋은 사람이야, 오빠는.”

윤은 살짝 미소를 지으며 고개를 끄덕였다.

나는 방으로 돌아와 이불을 살짝 들추고 단단히 싸매진 붕대를 다시 한 번 확인했다. 그러고 있으니 다시 초등학생 때로 돌아간 것 같았다. 그때는 석준이가 남동생 같았는데, 지금은 아무래도 동생 같은 느낌이 들지는 않았다. 나는 석준이의 얼굴을 마음 놓고 찬찬히 살펴보았다. 초등학생 시절 정리가 덜 된 듯한 느낌을 주었던 이목구비들은 이제 확실한 윤곽을 잡으면서 또렷해졌고 얼굴 가운데 우뚝 솟은 콧대를 중심으로 날카로운 눈과 큰 입술이 단정히 자리 잡고 있었다. 턱의 각도 한층 뚜렷해져서 이제는 정말 남자 같은 느낌이 들었다. 나는 흘러내린 석준이의 머리카락을 가만히 쓸어 올려주었다.

석준이는 오후 늦게 눈을 떴고 옆에 앉아 있는 나를 보더니 놀랐다. 석준이는 내가 떠다 준 물을 얌전하게 받아 마셨다. 석준이가 자신의 몸에 감겨 있는 붕대를 보며 묻듯이 쳐다보았고 나는 간단하게 설명해주었다.

"영감은?"

"병원에."

"어떤 건데?"

"나도 잘 몰라."

석준이는 다시 눈을 감고 누웠다. 나는 부엌에 나가 미리 준비해두었던 죽을 그릇에 담아 상에 받쳐 들고 들어갔다. 석준이가 다시 눈을 뜨기에 나는 상을 그쪽으로 약간 밀었다. 석준이가 일어나려 하다 통증 때문에 얼굴을 찡그렸다. 나는 팔을 붙잡아 주려고 했다. 하지만 석준이는 내 손이 닿자 움찔하며 얼굴을 붉혔고, 나는 그것을 거부 의사로 받아들여 어색하게 손을 거두었다.

“나 혼자 일어설 수 있어.”

석준이가 불편하다는 듯 말하며 상 앞으로 앉았다.

“잘 묻어드렸어?”

석준이는 숟가락을 들다 말고 한동안 그대로 앉아 있다 말없이 고개를 끄덕였다.

다음 날부터는 학교에 가야 했기 때문에 등교 전 새벽에 잠시 들러 석준이의 상태를 살펴본 후 도시락을 머리맡에 놓고 갔다. 석준이가 열이 오르면 윤에게 전화로 보고를 했다. 윤은 열이 오르는 것은 여러 가지 원인이 있을 수 있으니 너무 염려하지 말라고 안심시켰다. 대신 체력을 소진하면 좋지 않으니 해열제를 먹이라고 알려주었다. 나는 시키는 대로 했다. 그러면서 초조하게 소주의 연락을 기다렸지만 소주는 이틀이 지나도록 집으로 돌아오지 않았고 학교에도 나오지 않았다. 나는 더 이상 기다릴 수 없어 과외수업을 빼먹고 읍내의 병원으로 향했다.

문을 열고 병실로 들어서자 영감님이 호흡기를 낀 채 몸에는 여러 가지 기계를 잔뜩 달고 침대 위에 누워 있었다. 소주가 그 옆에 앉아 있다 나를 보더니 미소 지었다. 소주의 커다란 눈에서 눈물이 흘러내리고 있었다.

“소주야.”

나는 소주의 이름만 부른 채 아무 말도 못 하고 영감님 곁으로 다가갔다. 왼팔은 붕대로 칭칭 감겨 있었고 영감님은 의식 없이 괴롭게 숨을 몰아쉬고 있었다.

"명지야. 의사 선생님이 그러는데 할아버지가 도, 돌아가실 것 같대."

우리는 손을 마주 잡은 채 서로의 눈에서 흘러내리는 눈물을 지켜보았다.

"부탁이 있어."

"뭐든지 말해."

"목사님을 좀 모셔 와줘. 석준이도."

나는 고개를 끄덕이고는 영감님의 오른손을 가만히 쥐어보았다. 나무껍질처럼 거칠고 단단했으며 울퉁불퉁했다. 나는 영감님의 거칠고 투박한 손에 내 눈물방울이 떨어지는 것을 멍하니 바라보았다. 그러고는 조심스레 손을 내려놓고 병실을 빠져나왔다. 영감님이 돌아가신다. 도움이 필요했다. 소주는 아무런 친척도 없었고 내 머릿속에는 장례식이니 뭐니 번거롭고 복잡한 절차들이 떠올랐다. 나는 서둘러 집으로 향했다.

아빠와 엄마는 거실 소파에 앉아 차를 마시고 있었다. 엄마가 날 보더니 깜짝 놀라며 물어보았다.

"무슨 일 있었니? 얼굴이 왜 그래?"

"아빠, 소주 할아버지가 돌아가실 것 같아요."

"저런. 얼마 전까지 건강하신 것 같았는데."

"지금 병원에 계신데, 오늘내일 사이로 임종하실 거래요."

아빠는 찻잔을 내려놓고 일어서며 엄마에게 말했다.

"당신도 얼른 채비를 차려요. 가봐야겠구려."

방에 들어가 가방을 내려놓고 옷을 갈아입은 뒤 나오자 부모님도 준비를 마치고 거실에 나와 있었다.

"쯧쯧. 그렇게 교회엘 나오시라 했건만, 그대로 돌아가시는 모양이구먼. 진즉에 손녀 따라 교회에 나오셨으면 얼마나 좋았을까. 소주가 많이 속상하겠구나. 너도 우리랑 같이 갈래?"

"전 석준이랑 뒤따라갈 테니 먼저들 가세요."

엄마가 눈살을 찌푸렸다.

"굳이 너까지 갈 필요 뭐가 있니? 넌 집에서 공부나 하고 있어. 장례식 때 가면 될 거 아냐."

"소주는 제 가장 친한 친구예요."

내가 화난 목소리로 대꾸하자 엄마는 조그맣게 콧방귀를 뀌었다.

나는 집을 나와 서둘러 소주네 집으로 향했다. 석준이는 일어나 앉아서 책을 읽고 있었다.

"영감님이 돌아가실 거야."

나는 석준이의 얼굴이 서서히 굳어가는 모양을 괴로운 심정으로 지켜보았다. 석준이는 몸을 일으켜 위에 남방을 걸쳤고 나와 함께 집을 나섰다. 버스를 기다리는 동안 석준이와 나 사이엔 무거운 침묵이 감돌았다.

병원에 도착해서 병실로 들어가니 아빠가 한참 기도를 하고 있었다. 석준이는 들어오다 멈칫하며 문 옆으로 비켜섰고 나는 침대 가로 다가가 같이 손을 모으고 기도에 참여했다. 기도가 끝난 후 소주는 석준이 품에 안겨 울음을 터뜨렸고, 석준이는 소주의 머리를 쓰다듬어주며 가볍게 등을 토닥였다. 아빠가 소주에게 몇 마디 위로의 말을 건넸다.

"힘내라. 나는 지금부터 돌아가서 장례 치를 준비를 해야겠구나. 장지하고 장례식은 어쩔 셈이냐?"

"장례는 집에서 치르겠어요. 그리고…… 할아버지는 과수원 근처에 묻어드릴래요. 거기에 할머니랑 엄마 묘도 같이 있거든요."

"음. 내 생각엔 화장을 하는 것도 좋을 것 같은데……. 뭐, 네가 정 원한다면 그렇게 해라. 일단 갔다가 다시 오마."

엄마도 소주의 손을 붙잡고 위로의 말을 몇 마디 건넨 뒤 아빠와 함께 나가며 내게 눈짓을 했다.

"너 언제까지 여기 있으려고 그래? 학교도 가야 할 것 아니니? 엄마랑 같이 가자."

복도에서 짜증이 잔뜩 묻어나는 엄마의 말을 들으며 나는 입술을 꽉 깨물고는 한마디 대꾸도 하지 않고 다시 병실로 들어와 버렸다.

간호사들과 담당 의사는 수시로 들락거렸다. 세 사람 다 의사가 들어올 때마다 긴장하고 쳐다봤으나 의사는 늘 별다른 말 없이 그냥 병실을 나가 버렸다. 벌써 사흘이나 밤을 새운 소주는 밤이 깊어 가자 의자에 앉은 채로 꾸벅꾸벅 졸기 시작해서 석준이는 그런 소주를 조심스레 안아 들어 간이침대로 옮겼다.

나와 석준이는 말없이 영감님의 침대 곁에 앉아 있었다. 나는 조금 전까지 소주가 쥐고 있던 영감님의 한 손을 계속 쥐고 있었다. 영감님이 혹시라도 허전해할까 봐 손을 놓을 수가 없었다. 석준이는 턱을 괴고 묵묵히 영감님의 얼굴만 지켜봤다.

갑자기 석준이의 얼굴이 긴장으로 팽팽해졌다. 영감님의 눈이 살짝 떠진 것이었다.

“여, 영감! 영감! 정신이 나는 거야?”

석준이의 흥분한 목소리에 영감님의 시선이 석준이에게로 향했다. 나는 벌떡 일어나 소주를 깨우기 위해 손을 놓으려 했으나 영감님은 어디서 그런 힘이 났는지 내 손을 꽉 잡고 놓지 않았다. 영감님은 뭔가 말하고 싶은 듯 답답해 보였다. 석준이는 얼른 산소마스크를 벗겼다. 영감님은 목소리를 내보려고 안간힘을 썼으나 듣고 있는 우리 귀에는 그저 푸, 푸, 소리밖에는 들리지 않았다. 하지만 석준이는 무슨 말인지 알아듣기라도 하는 것처럼 고개를 마구 끄덕였다. 기기에 표시되고 있는 심박수가 눈에 띄게 느려지기 시작했다. 영감님의 눈동자가 초점을 잃으며 동공이 풀려갔다.

“소주야! 소주야!”

나의 외침에 소주가 벌떡 일어나 달려왔다.

심장은 갑자기 멈추지 않았다. 천천히, 느릿느릿, 한 사람의 삶을 마감하는 마지막 순간이 자신도 못내 아쉬운 듯 아주 힘겹게 느려져갔다. 영감님의 영혼이 아직 그 안에 있는지 혹은 이미 밖으로 훌훌 털고 벗어나 버린 건지 알 수 없는 구슬픈 순간은 영원처럼 계속됐다. 한 사람의 영혼이 처음부터 없었던 것처럼, 잠깐 살았던 것이 마치 꿈인 양 그렇게 사라지는 건지, 아니면 그저 육체의 집을 떠나 다른 곳으로 가버리는 건지 모르겠는 채로 노쇠한 심장은 마침내 뛰기를 멈추었고 영감님의 고단한 인생은 그렇게 끝이 났다.

소주가 울부짖는 소리를 들으며 나는 입을 막아 터져 나오는 울음을 참았고, 석준이가 벌떡 일어나 병실을 뛰쳐나가는 모습을 멍하니 바라만 보고 있었다.

장례식

나는 장례식을 치르는 사흘 내내 그림자처럼 소주의 곁에 붙어 있었다. 소주가 고개를 숙인 채 울고 있으면 안아주었고 힘들어하면 어깨를 빌려주었다. 영감님을 염하는 데에도 같이 들어가 소주의 눈에서 흐르는 눈물을 손수건으로 계속 닦아주었다. 석준이가 창백하게 굳은 얼굴로 힘없이 앉아 있으면 조용히 다가앉아 손을 잡아주었다. 석준이도 그런 내 손길을 거부하지 않고 어깨를 구부리며 위로를 받아들였다. 소주와 석준이에게 내가 뭔가 해줄 것이 있다는 게 기뻤다. 우리 세 사람은 좁은 소주네 집이 교인과 동네 사람 들로 북적이는 와중에 서로 모여 앉아 말 없는 위로와 슬픔을 나눴다.

윤이 서울에서 급하게 내려온 것은 영감님이 돌아가신 이튿날 저녁이었다. 윤은 오자마자 영감님의 빈소 앞에 무릎을 꿇고 앉아 오랫동안 기도했다. 나는 윤이 무엇을 기도하고 있는지 궁금했다.

소주는 할아버지에 대한 사랑과 여섯 살 때부터 귀에 딱지가 앉도록 들어온 '예수님이 곧 구원'이라는 명제 앞에서 크게 심란해했다. 소주의 신앙은 단단한 만큼 단순했고 단순한 만큼 고민이 없었다. 하지만 자신이 그토록 애를 썼는데도 불구하고 영감님이 끝내 예수가 뭐 하는 사람인지도 모른 채 숨을 거두자 소주의 신앙관은 혼란을 일으키고 있었다. 그 자신이 아주 어렸을 때부터 교인이었고 식구 모두가 크리스천인 윤은 소주의 고민을 이해했다.

"우리 어머닌 아버지 때문에 마지못해 교회엘 나가셨고 글자를 읽지 못해 성경도 잘 모르셨어. 읽어드려도 어렵다고만 하셨지. 그저 죽어 좋은 데 갈 수 있다니까 매주 예배만 꼬박꼬박 참석하셨을 뿐이야. 난 그래도 우리 어머니가 천국에 가셨을 거라 믿어. 천국이란 우리가 사랑한 사람들이 흔적도 없이 사라지는 게 아니라는 믿음 때문에 존재하는 거니까. 그러니 너무 두려워 마."

소주는 눈물을 흘리며 고개를 끄덕였지만 그 애가 여전히 두려워하고 있다는 것을 윤과 나는 알 수 있었다. 윤은 빈소 한구석에 말없이 앉아 있는 석준이에게도 다가가 가만히 어깨를 두드려줬다.

"너, 통증이 상당한 거지? 왜 진작 말 안 했어? 방에서 상처 좀 보자."

윤이 마당에서 음식을 먹고 있는 교인들을 힐끔 보면서 작은 목소리로 말했다.

"그까짓 것 괜찮아. 그렇다고 죽는 것도 아니고."

윤은 눈을 내리깐 채 고개를 돌려 외면하고 있는 석준이를 복잡한 표정으로 바라보았다.

"죽어."

윤이 말했다.

"정말 별거 아닌 거에도 사람은 죽어. 그러니까 아픈 걸 참으면 안 돼."

"죽는 게 그렇게 쉬우면 그럼 죽으면 되겠네."

석준이가 빈정거리듯 대꾸했다.

"사람은 별거 아닌 거에도 죽지만 쉽게 죽지는 않아. 쉬운 죽음이란 없어."

윤이 부드럽게 말하자 석준이가 고개를 돌려 처음으로 윤을 제대로 마주 보았다. 윤은 석준이의 상처를 봐준 뒤 소주 곁에서 새벽녘까지 빈소를 지키다 서울로 돌아갔다. 도저히 더 이상은 시간을 낼 수 없는 것 같았다.

영감님의 묘지는 소주 할머니와 엄마가 나란히 묻혀 있는 과수원 근처, 골짜기가 한눈에 내려다보이는 양지바른 곳으로 정해졌다. 관을 메고 올라가는 것은 석준이를 비롯한 교회 청년들 몇이 돌아가며 맡았다. 석준이는 다른 사람들이 힘들어하며 순서를 바꾸는 동안에도 단 한 번도 관을 놓지 않고 끝까지 올라갔다. 이른 아침에 미리 파놓은 구덩이로 마침내 영감님의 관이 내려갔을 때, 소주는 참았던 눈물을 쏟아냈다. 옆에 있던 석준이는 그런 소주를 말없이 안아주었다. 나는 눈물로 부옇게 흐려진 눈으로 관이 내려가는 것을 보면서 내가 영감님을 얼마나 사랑했는지 새삼 깨닫고 있었다.

하관 예배를 인도하는 아빠의 설교는 애매하기 짝이 없었다. 영감님이 끝까지 세례를 거부했고 예수도 시인하지 않은 채 불신자인 상태로 죽었기 때문에 구원의 확신과 낙원의 기쁨에 대해 설교할 수 없었던 것이다. 아빠는 그저 영감님이 내심으로는 소주의 믿음으로 인해 예수님의 인도를 받았으리라는 막연한 추측과 함께 일반적인 위로의 말로 설교를 짧게 마쳤다.

소주는 장례가 끝나고 사람들이 돌아간 뒤에도 무덤 곁에 남았고 나와 석준이도 함께 있어주었다. 나는 흐느끼고 있는 소주 곁에 다가가 어깨를 감싸 안으며 입을 열었다.

"아직도 할아버지가 천국에 못 갈까 봐 걱정되는 거야?"

소주는 영감님의 영정 사진을 꼭 끌어안으며 솔직하게 고개를 끄덕였다.

"난 이렇게 생각해. 천국은 아주 여러 종류가 있어서 각자 다양한 인생을 살았던 사람들이 모두 그 성격에 따라 들어갈 수 있다고. 소심한 사람들은 소심한 천국에, 착한 사람들은 착한 천국에, 못된 사람들은 못된 천국에, 겁쟁이인 사람들은 겁쟁이 천국에, 용감한 사람들은 용감한 천국에, 그리고 할아버지처럼 고단한 인생을 사셨던 분은 위로의 천국에."

"그게 뭐야? 그럼 모두 다 천국에 갈 수 있잖아."

"글쎄. 내 말은 천국이 누굴 위해 있는 건지 우리는 알 수 없다는 거야. 가보기 전엔."

옆에서 조용히 듣고 있던 석준이는 아무런 말도 없었고 우리 세 사람은 나란히 산을 내려왔다. 내가 소주의 손을 잡고 앞에서 섰는 동안 석준이는 호주머니에 손을 꽂은 채 나직하게 휘파람을 불며 뒤따라왔다. 석준이의 가늘게 떨리는 휘파람 소리에 실린 느릿한 가락은 애잔하고 구슬프게 울려 퍼졌다.

나는 집으로 가는 대신 소주네 집으로 갔다. 소주네서 자고 가겠다는 나의 전화에 엄마는 대번 짜증을 냈다. 나는 얼른 전화를 끊어버렸다. 지칠 대로 지친 소주를 안방에 눕히고 잠들 때까지 곁에 앉아 있다 살그머니 방을 나왔다. 소주가 잠을 자는 동안 집 안을 청소하고 부엌으로 들어가 남아 있는 장례 음식으로 간단하게 상을 차렸다. 장례 기간 동안 석준이는 음식을 거의 입에 대지 않았었다. 상을 마루에 내려놓고 석준이의 방문을 두드리자 석준이가 문을 열었다.

"밥 먹어."

내가 상을 들여놓으며 말했지만 석준이는 싫다는 말조차 귀찮다는 듯이 몸을 웅크린 채 말없이 앉아 있었다. 나는 숟가락을 집어 석준이의 손에 쥐여주었다.

"먹어야 해."

석준이는 자기 손을 잡고 있는 내 손을 물끄러미 내려다보다 고개를 끄덕였다.

"밥 먹고 한숨 자. 얼굴이 말이 아니야."

"잘 수가 없어."

"어째서?"

"계속 꿈을 꿔. 계속."

석준이는 내게 말한다기보다는 혼잣말을 하고 있는 것 같았다. 나는 조심스레 무슨 꿈을 꾸느냐고 물었다.

"절대로 벗어날 수가 없어. 그 집에서, 계속 빙글빙글 맴을 도는 거야. 계속 맴돌고 있어."

석준이는 꿈을 꾸듯 멍하니 말했다.

석준이 입으로 그런 이야기를 듣는 건 처음이었고, 막연하게 짐작만 하는 것과 직접 전해 듣는 것은 그 느낌이 완전히 달랐다. 내가 뭐라 말해야 좋을지 몰라 당황하는 사이, 석준이는 밥을 육개장에 몽땅 말아 넣더니 입에다 우걱우걱 쑤셔 넣었다.

벽 위에 조그맣게 나 있는 봉창으로 엷은 달빛이 비쳐 들어왔고 잠도 자지 않는지 매미들이 시끄럽게 울어댔다. 나는 깊이 잠든 소주의 옆에 누워 계속 뒤척거렸다. 늘 그렇듯이, 모든 일을 겪었다고 해서 모든 것을 알게 되는 것은 아니었다. 시간이 변할 때마다 삶도 따라 변했지만 지혜와 이해력은 쉽게 따라오는 법이 없었다. 지금의 나라면 그때의 석준이를 좀 더 확실히 도와줄 수 있었을까? 좀 더 강하고, 좀 더 지혜로웠다면 그때의 석준이가 덜 상처 받게 해줄 수 있었을까? 하지만 역시 나는 알고 있었다. 그때의 나는 영원히 그대로일 것이며 그때의 석준이 또한 그러하다고. 나는 한숨을 쉬면서 수주의 머리를 몇 번 다정하게 쓰다듬었다.

건넌방 문을 조심스레 여닫는 소리가 났다. 그리고 석준이가 마루에 서서 이쪽을 잠시 쳐다보고 있는 기척이 느껴졌다. 부스럭거리며 신발을 찾아 신는 소리가 들리더니 잠시 후에 사립문이 열렸다 닫혔다. 나는 그동안 꼼짝도 하지 않고 그대로 누워 있었다. 어떻게 할까 한참을 망설이다 이부자리를 살그머니 빠져나와 옷을 챙겨 입었다.

고요한 동네는 달빛 비치는 호수에 수몰돼버린 옛이야기 속의 잊혀진 어느 곳 같았다. 석준이는 개들이 컹컹거리는 소리조차 더위에 지친 듯 느껴지는 여름밤 속으로 천천히 걸어 들어가고 있었다. 아주 가끔, 나무들이 먼저 알아채고 기쁨에 팔랑거리는 바람이 희미하게 불 때가 있었다. 실낱같은 바람이었지만 그래도 몸에서 솟아나는 땀과 소용돌이치는 마음을 식혀주었다. 나는 석준이가 어디로 가는지 알고 있었다.

석준이는 거의 무너지듯 간신히 버티고 있는 초가집 앞에서 걸음을 멈추었다. 문짝은 떨어져서 마당에 널브러졌고, 떨어진 지붕의 짚단들이 집 여기저기에 흩어져 있었다. 먼지와 흙이 한때 방이었던 뻥 뚫린 공간에 수북이 쌓인 데다, 반쯤 열린 나무로 된 부엌문은 속절없이 썩어가고 있었다. 마당엔 깨진 그릇들과 헌 옷 같은 쓰레기가 길게 자란 잡풀들과 뒤엉켜 있었고, 새빨갛게 녹이 슨 펌프는 바짝 말라 손잡이가 하늘로 치켜 올라간 채였다. 석준이가 흙먼지로 가득한 마루 위에 앉으니 썩어가던 나무들은 힘겹다는 듯 삐이익 신음 소리를 냈다. 석준이는 주변을 천천히 둘러보았고 나는 길게 자란 수풀 더미 뒤로 더 깊숙이 몸을 숨겼다.

석준이는 마치 안개처럼 피어오르는 과거의 잔상이라도 보고 있는 것처럼, 꼼짝도 하지 않고 어둠 속 한곳을 뚫어지게 응시했다. 그러고는 어깨를 웅크리고 귀를 틀어막았다. 목덜미가 쭈뼛해질 만큼 고통스러운 신음 소리가 희미하게 들리는가 싶더니 그 소리는 곧 석준이의 흐느낌으로 바뀌었다. 석준이의 눈에서 끊임없이 눈물이 흘러내리고 있었다.

"나한테 왜 그랬어? 응?"

석준이가 고개를 들고 조용히 물었다.

"당신은 내 아버지잖아. 그런데 왜 그랬어?"

석준이는 무언가를 붙잡으려는 듯 손을 뻗었지만 허공엔 아무것도 없었다.

"왜! 왜 그런 거야? 어떻게 그럴 수 있는 거야? 도대체 왜!"

석준이는 마침내 비명을 지르며 울음을 터뜨렸다. 고요한 밤공기를 타고 석준이의 울부짖는 소리가 메아리쳤지만 그 소리는 무거운 밤의 장막 안을 맴돌다 안타깝게 스러져갔다. 석준이는 주먹으로 마루를 내리치며 아이처럼 목을 놓아 울었고 한번 터진 울음은 결코 사라지지 않았다.

❦

목사관으로 조부가 별세했다는 부고가 날아온 건 영감님의 장례식이 끝난 지 엿새가 지난 뒤였다. 엄마는 내게 그 소식을 전하며 "조금만 더 기다리셨다 너 방학이나 하면 돌아가실 것이지, 하필이면 기말고사가 코앞인 이런 때……."라며 볼멘소리를 했다. 엄마가 입으라는 대로 검은색 원피스를 꺼내 입고 아빠가 먼저 가서 기다리고 있는 서울의 조부모님 댁으로 향했다. 조부모님 댁은 아주 오래된 한옥이었는데 살기 편하게 개량되어 있었다. 고풍스러운 맛이 남아 있는 멋진 집이었지만 내게는 언제나 낯설고 생소하기만 했다.

아빠가 교회를 다니기 시작한 건 아주 어렸을 때였다. 아빠는 제사를 지낼 때마다 절을 하지 않겠다고 버티는 바람에 조부에게 정신을 잃도록 두드려 맞기도 했다. 하지만 그런 일이 몇 번이나 되풀이되면서 결국 조부가 포기하고 말았다. 조부의 결사적인 반대에도 불구하고 아빠는 신학교에 진학했다. 조부는 많은 땅을 가지고 있는 농사꾼이었는데 살고 있던 지역이 급격하게 발전하면서 졸부가 됐다. 돈이 남아돌 만큼 있으면서도 아들의 학비 대기를 거부했고, 아빠는 결국 일을 해가며 학교를 졸업하고 목사 안수를 받았다.

누구 하나 반기지 않는 살벌한 분위기였지만 아빠는 "네 부모를 공경하라."는 성경의 가르침을 따라 때마다 꼭 식구들을 대동하고 조부모님 댁을 찾아갔다. 나는 고모들의 싸늘한 태도와 조부모의 냉정한 시선을 피부 깊숙이 느끼고 있었으므로 그 집에 가는 게 죽기보다 싫었다. 사촌들은 새 학기가 시작될 때마다 조부모에게 옷이며 신발, 가방 같은 것을 잔뜩 선물받았지만 나는 양말 한 켤레 받아본 적이 없었다. 아빠가 외아들이었으니 조부의 눈에는 내가 대를 끊기게 만든 장본인이었다. 괴롭기는 나뿐 아니라 엄마 역시 마찬가지였다. 외며느리의 어려움도 상당한 터에 제대로 사람 취급도 안 해주는 시댁 식구들 사이에서 엄마의 명절은 고통스러울 수밖에 없었고, 마침내 마지막 설거지를 마치고 집으로 돌아올 채비를 차리노라면 절로 인상이 펴지곤 했다.

여섯 명의 고모들은 모두 일찌감치 상속받은 유산을 밑천으로 장사에 손을 대 재산을 불려 안락하게 살고 있었지만 아빠는 오랜 부목 생활 동안 유산을 거의 다 까먹고 말아서 형제들 중 가장 형편이 좋지 못했다. 아빠는 재산 늘리는 일에 신경 쓰는 것을 목사로서 옳지 못한 행동이라 여겼고, 엄마는 궁색한 생활을 못 견뎌했으므로 통장에 들어 있는 돈을 필요한 대로 빼 쓰기만 했다. 조부모와 고모들은 그런 나의 부모님을 세상모르는 철부지 아이처럼 여겼는데, 그건 그것대로 불쾌한 감정을 불러일으켰다. 나 역시 그러한 분위기에서 자라다 보니 돈을 벌기 위해 골몰하는 것 자체가 왠지 모르게 천박한 일이라는—하지만 궁색한 형편은 견딜 수 없다는 앞뒤 안 맞는 생각을 가지게 되었다.

살아 있는 조부의 모습을 마지막으로 본 것이 올 구정 때였는데 그때 이미 조부는 병색이 완연해서 자리에 누워 있었다. 나이가 아흔을 훌쩍 넘었다고 들었으니 살 만큼 살았다는 생각도 든 데다, 아무런 정이나 정서적 교감도 없었으므로 가깝게 다가오고 있는 조부의 죽음을 느끼면서도 담담한 기분이었다. 조부의 죽음이 아주 평안했다고 고모들이 울먹이면서 말했을 때도 나는 냉랭한 얼굴로 말없이 듣고 있었고, 엄마가 체면치레로 거짓 울음을 터뜨리지 않는 것에 안도하며 주인 없는 안방으로 들어가 텔레비전을 켰다. 재미없는 프로그램을 휙휙 돌려보다가 리모컨을 내려놓고 이 방에 누워 있던 조부의 모습을 떠올렸다.

사람의 피부가 너무 늙다 보면 새롭게 재생이 되는 모양인지 조부의 얼굴은 아기처럼 보송보송했고 표정도 말갛게 순진해 보여서 한순간 다른 사람이 아닌가 착각했을 정도였다. 성질에 안 맞으면 금세 상을 둘러엎곤 하던 꼬장꼬장한 노인네는 간 곳 없었고, 순한 눈초리로 당신의 손녀를 바라보던 그는 전혀 모르는 낯선 사람이었다.

발인은 이틀 후였으므로 그동안 이 집에 갇혀 지내야 한다고 생각하니 짜증과 답답함이 밀려왔다. 읽을 만한 책이라도 몇 권 가져올 것을, 이라 후회하며 나는 무심코 문갑 서랍을 열어보았다. 서랍 안에는 모나미 볼펜 몇 자루와 메모지가 단정히 정리돼 있었다. 나는 한동안 서랍 안의 내용물을 내려다보다가 두 번째 서랍도 열어보았다. 손톱깎이 용구들과 머리빗, 그리고 면봉들이 나란히 있었다. 세 번째 서랍 안에는 작은 크기의 공구들, 십자와 일자 드라이버, 송곳, 건전지, 못 상자가 정리돼 있었고, 네 번째 서랍 안엔 각종 전선들이 잘 감겨 종류별로 차곡차곡 포개져 있었다. 나는 마지막 서랍을 열어보지 않아도 그 안에 뭐가 있을지 알 수 있었다. 그 서랍 안엔 이쑤시개와 양초, 성냥, 고무줄이 잘 정리돼 있을 것이다. 조부의 문갑 서랍은 우리 집 문갑 서랍과 볼펜의 종류까지 완전히 똑같았다. 그 순간, 나는 죽음 직전의 조부에게서도 느끼지 못했던 슬픔을 느꼈다.

조부의 관이 땅속으로 서서히 내려갈 때 아빠와 엄마는 손수건으로 눈가의 눈물을 연신 닦아내고 있었다. 장례식은 조부의 유언에 따라 철저히 불교식으로 진행돼서 장례식 내내 스님이 낭랑한 목소리로 불경을 읊으며 목탁을 두드렸다. 엄마는 그 소리 때문에 꿈자리까지 사납다고 투덜거렸는데, 나는 무슨 뜻인지도 모르는 그윽하고 조용한 불경 소리가 우리 모두 언젠가 천국에서 다시 만나자는 찬송 소리보다는 훨씬 나았다. 대체 조부를 천국에서 다시 만나 뭘 어찌하겠는가.

시누이들 틈에 둘러싸인 엄마야 그렇다 쳐도, 아빠는 원래 감성적인 사람이 아니었고 조부와의 사이도 형식적인 관계에 그쳤을 뿐이었지만 진심으로 흐느껴 울고 있었다. 하지만 나는 그 눈물에는 슬픔뿐 아니라 조부가 끝내 구원을 거부하고 지옥으로 직행한 데 대한 염려도 포함되어 있다는 것을 알았다. 조부가 아빠를 평생토록 증오한 이유에는 제삿밥을 얻어먹지 못하게 되었다는 것도 있었으니, 그리 놀랄 일도 아니었다.

서울 근교에 위치한 야트막한 야산은 조부가 생전에 구입해서 공동묘지에 묻혀 있던 증조부들의 시신까지 이장해 모셔둔 곳이었다. 그동안 따로 선산 같은 걸 가지고 있지 않았지만, 조부는 돈이 생기자 가장 먼저 족보를 정리했고 지관을 고용해 산을 구입해서 당신과 조모의 무덤을 미리 만든 뒤 자식들의 무덤 자리까지 정해두었다. 조부는 자신이 어딘지 모르는 곳에서 어떻게 왔는지도 모른 채 이름 없이 사라져간 허무한 존재가 아니라, 결코 사라질 리 없는 뼈대 있는 가문의 중요한 일원이라는 사실을 확인하고 싶어 했던 것 같다. 조부는 그 산만은 절대 팔면 안 된다고 죽기 전까지 자식들에게 여러 차례 다짐을 받아두고 만에 하나를 위해 상속인도 일곱 명의 자식 모두로 지정해두었다. 누군가 팔고 싶어 해도 다른 자식들이 막아줄 것이라 생각한 것이었다.

장례식을 마치고 산을 내려오면서 고모들과 엄마는 요즘 이 근처 땅값이 천정부지로 뛰고 있다는 이야기를 했다. 조부의 관을 덮은 흙이 채 굳기도 전에 그의 자식들은 적정한 선까지 땅값이 오르면 바로 팔자는 합의를 끝냈으므로 이제 조부와 증조부들의 시신은 다시 이름 없는 공동묘지의 어느 한구석으로 돌아가게 될 것이었다.

폭풍 속

"그럼, 미대는 포기할 거야?"

소주가 안타깝게 물었다. 소주와 나는 학교가 끝나고 함께 집으로 돌아가는 길이었다. 지나가던 사람들이 먼저 소주의 얼굴을 흘긋 쳐다보았다가 곧이어 그 애의 빈 소매를 보고는 놀라움과 안타까움이 교차하는 표정을 확연히 드러내는 모습은 이제 내게도 익숙했다.

"모르겠어. 이제껏 엄마 아빠랑 의견 차가 있을 때 내가 이겨본 적이 단 한 번도 없었거든. 현실적으로 부모님이 미술 학원에 다닐 돈을 대주지 않으면 어쩔 수 없으니까."

바로 지난주에 나는 용기를 내서 부모님에게 미대 진학에 대한 뜻을 밝혔지만 '다시 거론할 가치조차 없는 철부지의 하찮은 생각'이라는 말만 들어야 했다. 소주와 내가 진학한 C시의 A여고는 온통 학업에만 치중된 분위기여서 제대로 된 특별활동도 없었고, 예체능 계열로 진학을 하고 싶다면 각자 알아서 사교육을 받아야만 했다.

소주는 고개를 끄덕이며 한숨을 내쉬었다.

"그래도 다 너 잘되라고 그러시는 거니까 너무 속상해하지 마."

나는 쓴웃음을 지었다.

"그런데 Y고도 장난 아니다. 벌써부터 야간 자습을 하다니. 석준이는 밤늦게나 오겠구나."

"응. 12시나 돼야 집에 와. 집에 오면 빨래하고 청소도 하고 집안일만 거들지 따로 공부는 더 안 해. 학교에서 다 하고 와서 더 이상 하지 않아도 된대. 그러다가 성적 떨어지면 어쩌나 걱정은 되는데, 자기 일은 잘 알아서 하니까 뭐."

"……생활비는 충분한 거야?"

소주는 과수원을 관리할 수 없어 임대했으므로 수입이 거의 없는 셈이었다.

"당분간 쓸 돈은 있고, 여름 되면 과수원에서 수입이 조금 들어올 테니까. 모자라면 주말에 나가서 일하면 돼. 그러니까 너무 걱정 마."

소주가 쾌활한 목소리로 말했다.

동네에선 영감님이 죽고 난 후 소주와 석준이가 한집에서 사는 것을 두고 말들이 많았다. 특히 둘 다 나이보다 조숙해 보이는 외모 때문에 더 불미스러운 이야기들이 떠돌았다. 장례식이 끝나고 교인들 중 나이 지긋한 아주머니들이 석준이를 내보내라는 식으로 이야기를 했지만 소주는 그럴 생각이 전혀 없다고 딱 잘라 거절했다. 석준이 역시 그 작은 동네를 들썩이게 하는 온갖 이야기들을 잘 알고 있었다. 석준이는 소주에게 학교를 그만두고 집도 나가겠다고 했지만 소주는 통장 하나를 석준이 앞에 내놓았다. 석준이의 이름으로 만들어진 통장이었고 금액은 삼백만 원이 조금 넘었다. 석준이가 그간 품 팔아서 번 돈과 과수원에서 일한 몫을 영감님이 모아둔 것이었다. 그때 소주는 네가 계속 공부하길 할아버지가 얼마나 원하셨는지 절대로 잊으면 안 된다고 말했다. 석준이는 소주와 함께 그 집에 남았다.

C시에는 명문 고등학교들뿐만 아니라 서울에서 꽤 수준 있는 대학에 꼽히는 D대의 분교가 있어, 대학가를 중심으로 활기찬 상가가 조성돼 늘 젊은이들로 넘쳐났다. 극장이나 서점, 식당, 주점 같은 젊은이들을 겨냥한 장소들은 붐볐으며 은행이나 병원 같은 편의 시설도 잘 발달되어 있었다. A여고는 물론이고 석준이가 다니고 있는 고등학교 역시 이 인근에서는 알아주는 명문이었기 때문에 강압적이거나 폭력적인 분위기가 거의 없었다. 선생님들은 모두 수업에 열심이었고 학생들은 기를 쓰고 공부에 열을 올렸다.

학교 공부는 잠시라도 손을 놓으면 금세 표시가 났다. 일주일에

한 번꼴로 실시하는 모의고사에서 아이들은 모두 평균 이상의 점수를 기본으로 받았으며 까다로운 몇 문제에서 등수가 갈렸기 때문에 평균점을 받고도 등수는 하위 그룹에 속할 수도 있었다. 모두들 출신 중학교에서는 상위권이었던지라 처음으로 성적표에 찍히는 볼품없는 등수를 접하면 잠시 공황 상태에 빠져들었다. 갈 곳도 모른 채 열심히 노를 저어 배의 속도를 유지하는 필사적인 선원들처럼, 아이들은 불안과 초조에 시달리며 공부에 파고들었다. 하찮은 우월감은 때로 놀라운 괴력을 발휘했다. 자신이 속한 세계만이 절대적인 것처럼 느껴질 때, 실은 바다가 아니라 호수에서 노를 젓고 있다는 것조차 모르게 되었다.

*

빡빡한 고등학교 생활에도 어느 정도 익숙해졌을 때쯤 초여름이 성큼 다가왔다. 목사관 마당 여기저기에 장미가 피어, 나는 그중 예쁘게 핀 것을 몇 송이 골라 색지로 잘 감쌌다. 영감님의 무덤에 가져가고 싶었던 것이다. 소주를 불러 함께 갈까도 생각했으나 곧 집에 돌아와야 했으므로 마음을 고쳐먹었다.

며칠 전, 나는 소주와 석준이를 따라 소주 아버지의 무덤 자리에 처음 가보았다. 그날은 소주 아버지의 첫 번째 기일이었고, 소주는 배와 사과, 소주 같은 것들을 싸 들고 와서 함께 가자고 했다. 소주가 아버지의 기일을 챙긴다는 게 좀 이상했지만 소주로선 어쩔 수 없는 일이라는 생각이 들었다. 소주 아버지의 무덤 자리는 어린 시절 석준이가 숨어 지내던 비밀 장소였다. 소주에게 물어보니 무덤 자리를 고른 건 석준이라고 했다. 그 장소를 처음 봤을 때 아늑한 무덤 자리 같다는 생각을 했었는데, 그런 생각을 한 게 나 혼자만은 아니었나 보다. 석준이가 어린 시절 골라낸 은신처가 꼭 무덤 자리 같고, 결국은 소주 아버지의 무덤 자리로 쓰이게 되었다는 사실이 날 우울하게 만들었다.

봉분도 없이 그저 평평하게 묻혀 흔적조차 없는 소주 아버지의 무덤 자리는 석준이가 꽂아놓은 막대기로 겨우 가늠이 됐다. 소주는 그 앞에 가져온 과일을 늘어놓고 소주를 한 잔 따라 휘익 뿌렸다. 소주는 그런 다음 오래도록 기도했지만 나는 얼굴 한번 보지 못한 소주 아버지의 무덤 자리에서 뭘 생각해야 하고, 뭘 기원해야 하는지 도무지 알 수 없어 그저 멀뚱하게 서 있기만 했다. 석준이는 우리 둘과 약간 떨어진 곳에 앉아 소주를 말없이 지켜보고 있었다.

"뭘 기도했어?"

마침내 소주가 기도를 끝내고 일어나 내가 물었다.

"그냥, 그런 아버지라도, 그런 사람이라도 가엾고 불쌍하긴 마찬가지니까, 예수님도 돌팔매질당하는 여인을 감싸 주면서 누구든 죄 없는 사람이 돌로 치라고 했으니까, 예수님도 잘 알고 있으니까, 사는 게 어렵고, 사람은 모두 약하다는 거 잘 알고 있으니까, 우리

아버지 좋은 곳에서 편히 쉬게 해달라고."

소주의 기도는 내가 들어본 것 중 가장 멋진 기도였다.

바람산 저 너머에 한 조각 먹구름이 걸려 있긴 했지만 여전히 내 머리 위에는 푸른 하늘이 펼쳐져 있었고, 간간히 부는 미풍이 싱그러운 토요일 오후여서 소주네 과수원으로 올라가는 내내 무척이나 유쾌했다.

잔디가 덮인 영감님의 무덤은 깨끗이 손질되어 있었다. 나는 장미꽃을 내려놓은 후 간단하게 기도를 하고 골짜기가 내려다보이는 바위에 앉아 한동안 지나가는 바람 소리에 귀를 기울였다. 바람은 좋았다. 언제나, 한결같이. 늘 머물러 있다 떠났고 떠났다간 어김없이 돌아와 다시 머물며 언제나 곁에 있을 거라고, 늘 이렇게 와줄 거라고, 이렇게 살갗을 부비며 너를 사랑하겠노라고 속삭여주었다. 그러니 나를 기억해주렴. 너희가 나를 떠나 언젠가 비집고 들어갈 틈조차 없는 흙구덩이에 지친 몸을 누일 때, 내가 그 위를 지나가며 너희가 한때 지니고 있던 체취와 살갗의 감촉과 머리카락의 윤기를 저기 나무숲, 길게 자란 강아지풀들, 갈대밭, 너른 평야, 광대한 바다에까지 조금씩 나누어주마. 사람의 흔적은 그렇게 남는 것이며 누군가의 기억으로 남겨지는 게 아니라는 걸 알아주렴. 바람이 속삭이는 노랫소리에 그리움과 허무함이 사무쳐 눈물이 흘렀고 나는 아무 부끄러움도 없이 마음껏 흐느꼈다.

과수원을 내려오는데 바람이 점차 거세지면서 머리카락이 마구 나부꼈다. 나는 잿빛으로 빠르게 어두워지고 있는 하늘을 불안한 눈길로 쳐다봤다. 골짜기 저 너머에서부터 쏟아지고 있는 소나기가 차츰 이쪽으로 몰려오는 것이 보였다. 발걸음을 채 서두르기도 전에 후드득하는 소리가 들리더니 굵은 빗방울이 떨어졌다. 비는 갑자기, 걷잡을 수 없을 만큼 쏟아지기 시작했다. 나는 양손을 머리 위에 올린 채 빗방울이 부옇게 튀어 오르는 산길을 달려갔다.

막 과수원 입구를 벗어났을 때 누군가 내 이름을 부르는 소리가 빗줄기를 뚫고 들려왔다. 나는 걸음을 멈추고 주변을 살펴보았다. 커다란 느티나무 아래에 석준이가 서서 내게 손짓하고 있었다. 반가움과 놀라움에 가슴이 뛰는 것을 느끼며 나는 부리나케 나무 그늘 아래로 뛰어갔다. 나뭇가지 사이로 간혹 굵은 빗방울이 떨어지긴 했으나 그곳은 그런대로 몸을 피할 만했다.

"네가 여긴 웬일이야?"

"네가 여긴 웬일이냐?"

우리는 동시에 입을 열었다가 곧 어색하게 입을 다물었다.

"난 김 씨 아저씨네 일하러 왔다가."

석준이는 학비와 생활비를 벌기 위해 이것저것 가리지 않고 품을 팔고 있었다. 나는 고개를 끄덕였다.

"난 영감님 무덤에. 마당에 첫 장미가 피었거든. 그래서……."

석준이도 고개를 끄덕거렸다. 우리는 말없이 서서 쏟아지는 폭우를 바라보았다.

세차게 내리는 빗줄기는 마치 안개 같았다. 부옇게 산야를 감싸며 몽롱하게 흩어지다 대지 위에 숨졌고 풀과 나무 위로 흐르다 흐릿해졌다. 그렇게 사라지는 듯하다 다시 피어올라 대기를 습기로 적시면서 내리고 흩어지는 빗줄기들은 두드리면 날아오르는 먼지들처럼 대지의 온갖 냄새를 뭉실뭉실 건져 올려 사방으로 퍼져가게 했다.

"난 비 오는 게 좋더라. 너는?"

내 물음에 석준이가 나를 힐긋 쳐다봤다.

"……난 싫어."

"왜?"

석준이는 아무 대꾸도 하지 않았다. 나는 할 수 없이 고개를 돌려 쏟아지는 빗줄기를 쳐다봤다.

"어렸을 때."

갑자기 석준이가 불쑥 입을 열었다. 나는 깜짝 놀라 석준이를 쳐다봤다.

"응?"

"어렸을 때…… 비가 오면 꼼짝없이 집으로 돌아가야 했거든."

"……미안."

"네가 뭘?"

"그냥."

석준이는 알 수 없는 표정으로 내 얼굴을 바라보았다. 눈을 약간 덮을 정도로 길게 자란 석준이의 젖은 머리카락이 이마 위에 늘어져 있었다. 나는 손을 올려 천천히 머리카락을 쓸어 뒤로 넘겨주었다. 석준이는 차가운 내 손가락이 자신의 이마를 슬쩍 스치고 지나가 다시 천천히 멀어지는 모습을 조용히 보고 있었다.

"네가 나를 별로 좋아하지 않는다는 것은 알아. 하지만 난 너에게 친구 정도는 될 수 있다고 생각해왔어. 그럴 수는 없는 거니?"

석준이가 살짝 미소를 지었다고 느낀 건 내 착각이었을지도 모른다. 그만큼 그 미소는 아주 잠깐 떠올랐다 곧 흔적도 없이 사라져 버렸다.

어느새 비는 그쳐 있었고 재빠르게 몰려온 먹구름들은 또한 재빠르게 몰려가 버려서 하늘엔 유달리 붉은 노을이 점차 번지고 있었다. 우리는 천천히 걸어서 산길을 내려갔고 갈림길에서 고개를 끄덕여 인사를 했다. 나는 가끔 뒤를 돌아다보며 석준이가 그 자리에 서서 나를 지켜보고 있는지 확인했다. 석준이는 내 모습이 아주 작아져서 보이지 않을 때까지 서 있다가 발걸음을 옮겼다.

여름방학이 되어 나는 시내에 있는 보습 학원에 다니기 시작했다. 정작 다니고 싶은 곳은 미술 학원이었지만 부모님에게 다시 이야기를 꺼내보지도 못한 채 우물쭈물하고만 있었다.

내 안엔 부모님과 어긋나는 생각들을 깨끗이 없애고픈 모순된

욕망이 있었다. 교회는 하나님 아버지를 통해 맺어진 영적인 가족들의 순종을 요구했고, 가족은 아버지를 중심으로 가족 구성원들의 애정을 요구했다. 만일 여기에서 벗어나게 된다면 자신의 영혼은 결코 구원받을 수 없을 것이며 그 어떤 죄악보다 가장 큰 죄를 저지르게 되는 것이라는 본능적 감각(이것은 '생각'이 아니었다. 내 생각은 분명 이것이 비논리적인 억지라는 데 향해 있었다.)은 내 연약한 이성을 끊임없이 괴롭혔다.

이러한 모순은 부모님의 진심 어린 사랑을 느낄 때마다 더해지곤 했다. 엄마는 매일 새벽같이 일어나 한 시간이 넘도록 정성껏 도시락 반찬을 만들어 풍성하게 싸주었고 학원에서 늦는 날은 어김없이 국도 변의 버스 정류장까지 마중을 나와 주었다. 아빠는 여태껏 교회 소유의 자동차 운전은 교인들에게만 맡기고 손수 운전을 해본 적이 없었지만 2학기부터 시작될 야간 자습 때 나를 데리러 오기 위해 바쁜 시간을 쪼개 운전 학원을 다니고 있었다. 이러한 부모님의 사랑과 정성 덕에 내가 세상의 틈바구니에 끼어들어 잘 돌아가고 있다는 사실을 나 역시 알고 있었다. 그리고 진심으로 고맙게 여기기도 했다. 하지만 그뿐이었다. 더 중요한 무언가가 항상 휑하니 비어서 생활 전체를 시들고 말라가게 했다.

국도 변 버스 정류장으로 가기 위해 한낮의 여름 태양이 내리쬐는 도로를 걷다 보면 머리가 어지러우면서 가슴이 답답해졌고 숨쉬기 힘든 때도 있었다. 가뜩이나 약한 체력에 뭔가 문제가 생겼다는 것을 느끼면서도 나는 감히 꾀를 피울 생각은 하지 못했다. 제 털 빼서 제 구멍밖엔 막지 못하는 고지식한 성격 때문이기도 했고, 좋은 성적만큼 내 가치도 높아진다는 허영심 때문이기도 했다. 그런 면에서 나는 우리 부모님과 참 많이 닮아 있었다.

시내에서 미술 학원을 지나칠 때면 내 마음은 심란해졌다. 아빠의 기도와 엄마의 아멘을 태어나는 순간부터 지금껏 듣다 보니 내 마음 한구석에도 신의 허락을 간구하는 숙명론적인 태도가 뿌리 깊게 자리 잡고 있었다. 내 이성은 삶이란 스스로의 선택과 노력에 의해 성취돼가는 과정이라 부르짖었지만, 내 본능은 신이 신호를 보여주실 거라 속삭였다. 하지만 내가 이제까지 보고 들은 신의 신호는 인간의 힘으론 어쩌지 못하는 불가항력적인 자연현상뿐이었다. 결국 내게 신의 의지란 의미 없이 돌발적으로 발생했다 때가 되면 스러지는 자연의 섭리와 매한가지였다. 그 가운데서 의미를 찾으려는 노력은 토네이도 속에서 마당에 있던 가랑잎을 찾으려는 것과 같이 느껴졌다.

내가 쓰러진 건 여름방학이 일주일 남았을 때였다. 아침에 침대에서 일어나다 갑자기 숨이 막히면서 사방이 하얗게 질리더니 그대로 기절했던 것이다. 다시 눈을 떴을 때 나는 이상할 정도로 추워서 몸을 덜덜 떨었다. 팔에 꽂혀 있는 주삿바늘을 통해 붉은 피가 흘러 들어오고 있었다.

"얘, 명지야! 정신이 드니?"

곁에 앉아 있던 엄마가 버럭 소리를 질렀다. 엄마는 눈이 퉁퉁 부어 있었다.

"어떻게 된 거야?"

"여기 병원이다. 응급실에서 급하게 검사받고 심한 빈혈이래서 지금 수혈받는 거야. 네 몸속 피의 헤모글로빈 수치가 정상인의 절반밖에 안 된단다. 아빠가 지금 의사 선생님 만나고 계셔. 넌 도대체 무슨 애가 몸이 그 지경이 되도록……. 아니지, 엄마가 좀 더 신경 써줘야 했는데 미안해."

엄마의 눈에서 쉴 새 없이 눈물이 흘러내렸다.

"이상해, 너무 추워."

이가 딱딱 부딪칠 정도로 덜덜 떨며 중얼거리자 엄마는 쏜살같이 일어나더니 잠시 후에 담요와 보온 물통을 가지고 돌아왔다.

"갑자기 많은 양을 수혈받아서 그래. 잠시만 참아. 저거 맞고 또 맞아야 한다니까."

엄마가 코맹맹이 소리로 말하며 담요를 내 몸에 꽁꽁 두른 후 보온 물통을 집어넣었다. 그러고는 내 팔다리를 계속 주물렀다. 나는 엄마의 훌쩍거리는 소리를 들으며 다시 잠에 빠져들었다.

정확한 검사 결과는 이틀 후에 나왔는데, 철분 부족으로 인한 일시적인 헤모글로빈 수치 저하로 판명됐다. 담당의인 깐깐하게 생긴 중년 여의사가 꾸짖는 듯한 목소리로 말했다.

"한창 성장기에 그렇게 안 먹다니, 빈혈에 영양실조예요. 학생 키에 정상 체중이 50kg인데 지금 겨우 37kg이에요. 적어도 45kg이 될 때까진 병원에 입원해 있으면서 규칙적인 식사와 충분한 휴식을 취하고 매일 헤모글로빈 수치도 검사해야 해요. 당분간은 영양제도 맞고요. 보호자분은 그렇게 아시고 장기 입원 준비하세요."

"하지만 선생님, 곧 개학인데 이를 어쩌죠?"

엄마가 절망적으로 신음하듯 말했고 아빠는 그 옆에서 한숨을 쉬었다.

"지금 학교가 문제가 아니죠. 적어도 한 달은 병원에 입원해 있으면서 경과를 봐야 할 거예요. 다행히 재생불량성 빈혈은 아니니까 앞으로 조심하면 큰 문제는 없을 겁니다."

의사가 바쁘게 병실을 빠져나가자마자 엄마는 "그렇게 먹으라 먹으라 그래도 듣는 척도 안 하더니 동네 창피하게 영양실조가 뭐냐."며 잔소리를 퍼붓기 시작했다. 일단 안심이 되자 화가 치밀어 오르는 모양이었다. 나는 엄마의 잔소리를 흘려들으며 창밖을 내다보았다. 건너편 건물에 가로막혀 답답하기 그지없었다. 겨우 사흘 병원에 있었는데, 벌써 집을 둘러싸고 있는 푸른 신록이 그리웠다.

학기가 다시 시작됐지만 나는 엄마가 가져다 놓은 교과서며 자습서 같은 건 거들떠보지도 않은 채 병실에 들락거리는 의사나 간호사, 혹은 과일이나 꽃 같은 것들을 스케치하기에 여념 없었다.

"공부는 전혀 안 할 거야? 그럼 따라가기 힘들 텐데?"

소주는 내가 날마다 스케치북만 펼쳐놓고 있자 걱정스러운 목소리로 물었다. 소주는 하루도 거르지 않고 매일 병실에 들렀고 면회 시간이 끝날 때까지 함께 있어줬다.

"나도 잘 모르겠어. 그냥 지금은 좀 쉬고 싶어. 사실 공부가 아픈 데도 할 만큼 재밌지는 않잖아? 소주야, 너 가만히 있어봐. 스케치 좀 해보게."

시간이 많아지면서, 그간 공부에 몰두하느라 잊고 있던 그림을 그리고 싶은 욕구가 왕성히 불타오르는 것이 느껴졌다. 사물을 관찰하고, 손을 움직이고, 머리를 쓰는 동안 나는 생생히 살아 있는 느낌이 들었다. 좁고 답답한 병실에서의 시간도, 엄마의 끊이지 않는 잔소리도, 억지로 먹어야만 하는 음식들도, 놓치고 있는 수업에 대한 두려움도 미친 듯 스케치를 해나가다 보면 어느새 저 멀리 사라져서 한 줌 근심거리도 되지 않았다. 나는 앞으로 어떤 삶을 살아야 하는지 그렇게 확신해가고 있었다.

"저, 소주야."

"왜?"

앉은 자세 그대로 움직이지 않으려고 최선을 다하고 있었기 때문에 소주는 입술을 아주 조금만 움직여 대답했다.

"저……. 음, 아무것도 아니야."

소주는 고개를 돌려 나를 잠시 바라보았다.

"석준이는 학교가 너무 늦게 끝나서 면회 시간 안에 올 수가 없대. 저기…… 많이 미안해하고 궁금해해."

소주의 목소리엔 미안함이 가득했고 나 역시 괜스레 소주에게 미안해졌다.

"신경 쓰지 마, 소주야. 그냥 석준이는 잘 있나 궁금했던 거야."

입원을 한 지 일주일이 넘어가면서 교인들, 담임선생님, 반 친구들까지 모두 왔다 갔지만 석준이는 한 번도 찾아오지 않았다.

소주도 돌아가고 병원에서 자겠다는 엄마를 달래 집으로 보낸 후 겨우 잠이 들었지만 부스럭거리는 소리에 깨고 말았다. 푹 쉬라면서 입원시켜놓고 병원은 도무지 쉬게 해주질 않았다. 아무 때나 불쑥불쑥 혈압이나 체온을 체크해 갔고 새벽같이 들어와서는 채혈을 해 갔으므로 통 깊은 잠을 잘 수가 없었다. 나는 눈을 가늘게 뜨고 옆에 서 있는 사람을 보았다. 늘 들어오던 간호사가 아니었다. 내가 침대 옆에 있는 보조등을 켜자 희미한 불빛이 깜빡하고 들어왔다.

"지금 몇 시야?"

"밤 10시."

"학교가 이제 끝났구나."

"응."

"어떻게 들어왔어?"

"그냥, 다행히 아무하고도 안 마주쳤어."

"그래. 다행이네. 보고 싶었거든."

"내가 보고 싶었다고?"

"응."

"……얼굴…… 좋아 보인다."

"먹고 누워만 있거든."

석준이는 한동안 나와 시선을 마주치다 조용히 말했다.

"그만 갈게."

"가지 마."

석준이가 뜻밖이라는 표정으로 쳐다봤다.

"가지 마. 조금만 더 있다 가."

내가 몸을 일으키려고 하자 석준이가 도와주기 위해 어깨를 구부려 몸을 잡아주었다. 나는 석준이의 목에 한 팔을 감았다. 내가 몸을 일으키고 나서도 우리는 한동안 그 자세로 가만히 있었다. 나는 나머지 팔을 들어 석준이의 목을 감싼 후 조용히 눈을 감았다.

석준이의 키스는 매우 부드러웠다. 공기처럼 가볍게 와 닿았던 그 애의 입술이 내 입술을 살짝 물었고 나는 입술을 벌려 석준이의 혀를 받아들였다. 감미로운 키스였다.

바람산 이야기

대학 병원에서 인턴 생활을 하느라 좀체 얼굴을 볼 수 없었던 윤이 겨우 짬을 내 잠시 집에 내려온 것은 가을이 깊어질 무렵이었다. 서 장로님은 모처럼 내려온 막내아들을 위해 소를 한 마리 잡아서 가장 좋은 부위를 골라 목사관에 올려 보냈다. 서 장로님, 큰형님 내외와 함께 오랜만에 예배에 참석한 윤은 햇살이 쏟아지는 창가 자리에 단정한 자세로 앉아 아빠의 설교에 귀를 기울였다. 윤의 피부는 하얀 게 아니라 실내에서만 지내는 사람 특유의 창백한 색을 띠고 있어서 그의 주위에만 햇볕이 머물지 못하고 그냥 사라지는 것처럼 보였다.

예배가 끝난 후 윤은 바람산에 올라가 볼 작정이라면서 같이 올라가지 않겠느냐고 물었고, 나는 그제야 내가 한 번도 바람산 정상에 가본 적이 없다는 것을 깨달았다. 나는 소주를 따라 바람산의 이 품 저 품은 돌아다녀 봤지만 정작 가늘게 나 있는 등산로를 올라가 본 적은 없었다. 바람산에 훤한 소주도 정작 정상엔 올라가 보지 못했는데, 한 팔만으로는 암벽을 탈 수 없기 때문이었다.

"정말 한 번도 안 가봤단 말이야? 세상에. 너 이 마을 사람 되려면 아직도 멀었구나."

나는 몸을 움직이는 일에 인색한 자신의 약점과 바로 코앞에 있는 산의 정상을 한 번도 궁금해하지 않은 무관심이 갑자기 부끄러워졌다. 그래서 점심을 먹고 나서 함께 올라가 보자는 윤의 제안을 흔쾌히 받아들였다.

나는 작은 배낭에 물통과 수건, 초콜릿, 비스킷 같은 것을 챙겨 넣은 후 운동화를 꺼내 신고 윤이 기다리고 있는 마당으로 나갔다.

"운동화라 좀 그렇다. 바람산은 제법 거칠거든."

등산화를 신고 있던 윤이 내 운동화를 보며 걱정스럽게 말했다.

"음, 너무 힘들면 난 중간에서 그냥 쉬고 오빠만 갔다 오면 되지 뭐. 그러니 염려 마."

"이거, 출발부터 그런 맥없는 소리를 하는 등산객이 어딨어? 너 그러면 바람산이 우습게 보고 절대 들여 보내주지 않는다고."

내가 밝게 웃으며 "알았어. 꼭 정상까지 갈게."라고 말하자 윤도 빙긋이 웃어주었다. 나는 윤에게 미정이의 안부를 물었다. 미정이는 초등학교를 졸업하자마자 상경해 서울의 작은아버지네서 학교를 다니고 있었다.

"내가 너무 바빠서 잘 못 봐. 저번에 한번 봤는데 오랜만이라 그런지 미정이가 좀 어색해하더라. 내가 업고 다니던 게 엊그제 같은데."

윤은 바람산을 향해 가면서 이 인근이 너무 빨리 달라져서 올 때마다 깜짝깜짝 놀란다는 말을 했다. C시는 최근 낡은 시외버스 터미널을 허물고 시 외곽에 복합 상가 형식의 터미널을 크게 새로 지었다. 온통 논이었던 그 주변도 도시화가 진행되면서 쇼핑몰과 식당, 카페 등이 속속 들어서고 있었다. 서울과 가까운 데다 빠르게 발전하고 있었으므로 자연히 땅 투기꾼들이 모여들어서, 그들에게 땅을 팔고 농사를 그만둔 후 이곳을 떠나는 사람들이 아주 많았다. 그리고 얼마 전엔 C시에 처음으로 들어서는 유명 건설사의 대규모 아파트 시공 때문에 외곽에 있던 커다란 산 하나가 뭉텅 깎여 나가기도 했다. 우리 반 아이들 중에서도 목장을 운영하거나 농사를 짓던 집이 갑자기 땅을 팔고 여관이나 식당 같은 것을 차리는 경우가 종종 있었고, 아파트 분양금이 어떻고 토지 보상금이 어떻고 하는 이야기들이 일상적인 대화처럼 오갔다.

동네는 그런 변화들과 별 상관 없이 여전했지만, 인근에 부지런히 들어서는 공장들 때문에 동네 앞 냇가의 물이 서서히 더러워져 멱을 감고 노는 아이들이 아무도 없었다. 동네에서 약간만 벗어나면 어디에나 있는 보기 흉하게 벗어진 산들과 철근, 목재, 시멘트 같은 건설자재들이 여기저기 쌓여 있는 풍경은 이제 내 눈에도 익숙했다.

"참 신기한 게 교회만 시간이 멈춰 있는 것 같아. 그래서 그런지 교회 마룻바닥에 앉아서 목사님 설교를 듣고 있으면 그렇게 마음이 편할 수 없어."

윤의 향수는 삶에 대한 향수였다. 교회 마당의 오래된 종탑에서 은은하게 울려 퍼지는 종소리, 고지식한 목사님의 단조로운 설교, 대부분의 교인들이 고된 농사일의 노곤함을 이기지 못해 예배 시간 내내 꾸벅거리며 조는 모습, 늘 한복을 단정하게 입고 제일 앞자리에 앉아 있는 서 장로님의 꼿꼿한 등. 이 모든 것은 윤의 사라져 버린 삶이었으며 앞으로 사라질 삶이기도 했다. 그 앞에서 윤이 느끼는 그리움은 내가 오래된 교회 건물의 푸른 이끼를 바라보며 문득 느끼는 안타까움과 아주 많이 비슷했다. 지금 눈앞에 있는 풍경과 더불어 호흡하고 있는 공기의 기운이 먼 미래의 어느 날 뚜렷이 기억나리라는 예감은 이미 자신이 떠나버린 어느 과거의 공간에 와 있는 듯한 서글픈 느낌을 주었다.

바람산의 등산로는 경사가 완만한 곳이 거의 없었다. 급할 정도로 심한 경사로가 끊임없이 이어졌고 가끔 가다 기묘한 모양으로 튀어나온 바위 틈새를 엎드려 붙잡고 올라가야 하기도 했다. 오르기 시작한 지 삼십 분쯤 지났을 때 나는 벌써 다리에 힘이 빠지며 숨이 차는 게 느껴졌다. 조심스레 손을 잡아주며 도와주던 윤은 걸음을 멈추고 주위를 둘러보았다.

"저기 앉아 잠깐 쉬자. 물도 좀 마시고."

윤이 올라가고 있던 바위에 두 사람이 앉을 만한 평평한 부분을 가리키며 말했고 나는 두말없이 고개를 끄덕였다. 윤이 내 손을 잡아 먼저 앉혀주고 자신도 곁에 앉아 배낭에서 물통을 꺼내 건네주었다.

"오빠한테 미안하다. 나 때문에 걸음이 너무 느려지고 있어. 괜히 거치적거리기만 하고."

"신경 쓰지 마. 빨리 올라가고 싶었으면 너한테 함께 오자는 소리도 안 했을 거야. 난 천천히라도 너랑 같이 가니까 좋은데?"

"빈말이라도 기분이 좀 나아지는걸?"

"빈말 아니야. 난 정말 좋아."

나는 얼굴이 붉어지는 걸 느끼며 조금 어색한 기분이 들고 말았다.

"어쨌든 드디어 진로를 결정했으니 열심히 해라. 넌 틀림없이 훌륭한 화가가 될 거야."

윤이 다정하게 말했다.

내가 퇴원을 한 건 입원한 지 한 달이 지나서였다. 그때, 몸무게는 43kg으로 늘어 있었지만 마음의 무게는 한결 가뿐해져 있었다. 설령 내가 서툰 그림밖에 그려내지 못하는 삼류 화가로 끝난다 해도 그 사실을 받아들일 마음의 준비가 된 것이다. 그러니 이제 정말 화가가 될 수 있을 것이냐로 고민할 일은 없었다. 나는 이미 화가였다. 그것은 구원의 원리이기도 했다. 거듭난 사람답게 나는 모든 것을 새로운 관점에서 바라보기로 결심했다.

나는 전교 3등에 빛나는 머리를 이용해서 우리 부모님의 약점과 그에 따른 공략법을 짰다. 퇴원 후에도 나는 영 밥을 먹지 않았고 가끔 픽픽 쓰러지기까지 했다. 아침엔 제시간에 일어나지 못해 걸핏하면 지각을 했고 몸무게는 다시 줄어갔다. 몸이 너무 안 좋았으므로 당연히 공부는 한 글자도 하지 못했다. 그렇게 해서 받아 온 중간고사 성적표는 아빠의 한숨과 엄마의 눈물을 자아냈다. 나는 조심스레 미대 진학에 대한 이야기를 다시 꺼냈다.

"미대는 여기서 점수를 약간만 더 올리면 원하는 대로 갈 수 있을 거라던데……."

물론 미술을 체계적으로 공부해보고 싶다느니, 굶어 죽어도 화가가 되고 싶다느니 같은 말은 입 밖에도 내지 않았다. 일주일 뒤에 나는 입시 전문 미술 학원에 등록할 수 있었다.

다시 위로 올라가기 시작했을 때, 윤은 아예 내 손을 잡고 앞에서 끌어주었고 자신의 걸음이 너무 빨라지지 않도록 최대한 배려했다. 윤은 내가 힘들만 하면 먼저 쉬자고 이야기를 꺼내주어서 우리는 함께 앉아 흘러가는 구름을 한가롭게 쳐다보기도 하고 시원한 바람에 흔들리는 나무 소리를 듣기도 했다. 윤 역시 말이 많은 편이 아니어서 고요한 침묵이 자주 찾아들었으나 전혀 무겁거나 어색하지 않았고 그저 편한 휴식처럼 느껴졌다.

"오빤 왜 의사가 된 거야?"

"우리 어머니 때문에. 어머니가 폐암 진단을 받은 게 내가 중학교 3학년 때인데, 돌아가신 건 고등학교 3학년 때였어. 고령이다 보니 암세포도 성장이 느렸던 거지. 나는 어머니가 서서히 죽어가면서 결국은 빈 껍질만 남게 되는 모습을 삼 년간 지켜봐야 했어. 고통이 심하실 땐 메페리딘 같은 것도 내가 놔드리고, 끝내는 아무것도 해드릴 수 없는 무력감 같은 것도 절절했고, 그래서 결국 아주 당연하게 의대에 진학했던 것 같아."

"힘들었겠다."

"그게, 내가 가장 식욕이 좋았을 때가 바로 어머니가 물 한 방울 못 넘기고 산송장처럼 누워 있을 때였어. 목구멍으로 넘어가는 음식물들이 스스로에게 절실했달까, 악착같이 끼니를 챙겨 먹고 왕성하게 소화시킨 뒤 밤이면 아주 달게 잠을 잤지."

윤이 씁쓸하게 말했다.

"그래도 힘든 건 힘든 거잖아."

윤이 빙긋 웃었다.

"뭐, 그런 거지."

다시 고요하고 편안한 침묵이 흘렀다.

"바람산에 전해지는 이야기가 하나 있는데, 혹시 알아?"

갑자기 윤이 불쑥 물었고 나는 깜짝 놀라 고개를 가로저었다.

"음, 내가 아주 어렸을 때 어머니한테 들은 이야긴데, 오랜만에 산에 와서 그런지 갑자기 생각나네. 어때? 들어볼래?"

아이처럼 눈을 빛내며 말하는 윤의 모습에 나는 웃으면서 고개를 끄덕였다. 윤은 나직한 목소리로 내게 이야기해줬고 나는 그 후로도 맑은 가을 하늘에 구름이 떠가고 서늘한 바람에 흔들리는 나뭇잎들을 볼 때면 윤의 이야기가 자연스레 떠올랐다.

옛날에 한 남자가 있었다. 그 남자는 할 수 있는 일이 아무것도 없었다. 나무를 하는 것도, 밭을 매는 것도, 씨를 뿌리거나 벼를 베는 것도, 짚을 꼬는 것도, 물을 길어 오는 것도 그 남자에겐 너무 어려운 일이었다. 그의 늙은 부모는 그를 대신해서 힘든 집안일과 농사일을 해야만 했다. 그는 두 팔과 두 다리가 멀쩡하고 힘도 좋은 남자였다. 동네 사람 모두가 그를 향해 너무 게으르다고, 쓸모없는 인간이라고 손가락질했다. 남자는 게으른 게 아니라 그저 할 수 없을 뿐이었지만 그런 자신을 아무에게도 이해시킬 수 없었다.

할 수 있는 일이 없다 보니 남자는 차츰 잠자는 시간이 늘어나게 되었다. 그는 잠을 자는 동안 가장 행복하다는 걸 깨달았다. 잠을 자는 동안엔 자신이 할 수 없는 일들에 대해 변명할 필요가 없었다.

자신의 한계를 고민하며 괴로워할 일도 없었다. 꿈은 한계도 경계도 없었으며 계속되는 잠에는 변명이 필요 없었다. 외부와의 모든 관계가 완전히 끊어진 상태에서 남자는 온전한 자기 자신이 되는 것 같았다.

남자의 잠은 깊고도 길었다. 그는 차츰 먹는 일이나 씻는 일, 가끔 깨어나 부모에게 안부 인사를 건네는 일조차 잊어버리게 됐다. 그가 그대로 죽어버릴까 염려한 노모가 가끔 그를 깨워 밥을 먹이고 손톱을 잘라주고 머리를 빗기고 옷을 갈아입혀 줬다. 그는 그러한 일들을 비몽사몽간에 혼미한 상태에서 마지못해 받아들이곤 했다. 늙은 부모의 한숨과 주름이 깊어지고, 현실에서의 그가 완전히 바래 낙엽처럼 바싹바싹 말라갈수록, 그의 꿈은 점점 더 풍요로워지고 잠은 더 강건해졌다. 그의 꿈들은 마치 현실의 그를 양분 삼아 자라나는 욕심 사나운 나무줄기 같았다.

그의 머리카락이 더부룩이 자라고 너무 말라 삐죽 튀어나온 등뼈가 오래전 잘려 나간 날개 뼈처럼 보일 지경이 됐을 때, 그의 늙은 부모가 나라 전체를 덮쳤던 전염병에 걸려 나란히 세상을 떠났다. 온몸이 종기로 뒤덮인 부모의 시신이 들것에 실려 나가서야 남자는 오랜 잠에서 깨어났다. 남자는 부모의 비참한 죽음을 보고도 울지 않았는데 꿈에 매여 있는 동안 슬픔이라는 감정을 완전히 잊어버렸기 때문이었다. 더 이상 슬프지 않다는 건 더 이상 아무것도 사랑하지 않는다는 뜻이기도 했다. 남자가 잊어버린 건 슬픔뿐만

이 아니었다. 그는 슬픔과 함께 현실과 꿈의 경계를 잃어버리고 말았다. 그에겐 이제 잠이 달콤하지 않았다. 꿈의 윤기와 선명한 색채감이 현실로 스미듯이, 현실의 우울함과 고통이 꿈으로 스몄기 때문이었다. 어정쩡한 현실의 존재감이 그 남자를 끊임없이 잠에서 불러내고, 현실에서 쫓기듯 이끌려 간 잠에서 그는 악몽으로 괴로워하기 시작했다. 그는 현실과 꿈 모두에게서 버림받는 듯했다.

어디에도 속할 수 없는 남자의 몸이 고통스럽게 야위어갈수록 형형한 두 눈은 점점 더 불타는 석탄처럼 빛을 뿜었다. 그는 잠을 자는 대신 방 한구석에 오랫동안 앉아 눈을 감고 깊은 생각에 잠겼다. 깎지 않은 기다란 손톱과 허리까지 흘러내리는 산발, 일 년 열두 달 한 번도 갈아입지 않은 더럽고 해진 옷이 남자의 기이한 풍모를 더욱 심화시켰다. 동네 사람들은 호기심에 가끔 구경거리 삼아 그런 그를 들여다보러 오곤 했다. 하지만 그렇게 한두 해가 지나가고 여러 해가 되도록 남자가 변함없이 자리를 지키고 있자 사람들의 호기심은 경이로움으로 변해갔다. 어떤 사람들은 먹을 것을 가져다 앞에 놔주기도 하고, 어떤 사람들은 속삭이는 듯한 목소리로 자신의 고민을 털어놓기도 했다. 시간이 지날수록 남자의 귀에는 온갖 고민과 비밀과 하소연과 서러움과 한숨이 더께처럼 쌓여갔고, 그는 점점 더 고통스러워졌다.

견디다 못한 남자가 마침내 몸을 일으켜 방에서 나온 건, 부모의 참혹한 시신이 실려 나간 지 십여 년이 흐른 뒤였다. 그때의 그는 동네 사람들 모두에게서 사랑받는 존재였다. 사람들은 그에게 소원을 빌고, 기원을 하고, 참회를 하고, 축복을 바라며 시름을 덜어냈지만 그는 그게 사랑받는 일이라는 것조차 몰랐다. 걷는 방법도 잊어버렸던 가냘픈 두 다리가 그의 몸을 지탱하고 한 발 한 발 집 밖으로 이끌어내자, 동네 사람들은 모두 벌린 입을 다물지 못했다. 사람들은 쟁기질과 물 긷기를 잊어버린 채, 휘청거리는 남자의 뒤를 망연히 좇아 그가 어디로 가는지 알고자 했다.

남자는 바람산으로 향하고 있었다. 그의 뒤를 동네 사람들이 줄지어 좇았다. 그의 모든 뼈와 근육과 살 들이 그를 바람산 정상까지 인도하기 위해 안간힘을 썼다. 굵은 땀방울이 바짝 야윈 얼굴로 쉴 새 없이 흘러내렸고, 이십 년간 아무 소리도 내지 못했던 입술에서 신음이 새어 나왔다. 발을 헛디뎌 그는 여러 번 넘어졌다 다시 일어서야 했고 경사가 심한 곳은 기어가야만 했다. 살아 있는 보살 같았던 그가 보통의 사람처럼 느껴져, 뒤를 좇던 사람들은 커다란 실망에 빠졌다. 그들은 그에게 속은 것 같은 느낌이 들었다.

"결국 미친놈이군."이라고 누군가 말하자 다들 "쉿." 하고 숨을 죽였다. 그럼에도 사람들은 여전히 그에게서 뭔가를 보게 되길 기대했다.

아주 오랜 시간이 걸리긴 했지만 남자는 결국 벼랑을 기어올라 바람산 정상에 우뚝 서서 세찬 바람과 마주했다. 거기까지 좇아 올라간 사람들은 대부분 건장한 마을 청년들이었다. 야위어서 비쩍

마른 남자가 마치 바람을 맞아들이기라도 하듯 양팔을 벌리고 서자 청년들은 그 남자를 비웃기 시작했다.

결국 미친놈이었어. 자기가 날 수 있을 줄 아나 봐.

남자는 청년들의 비웃음과 야유에도 꿈쩍하지 않았다. 약이 오른 청년 몇이 그 남자를 붙잡아 혼쭐을 내기 위해 달려들었지만 남자는 그대로 절벽으로 뛰어내렸다. 청년들은 놀라서 모두 절벽 끝으로 몰려가 밑을 내려다보았다. 하지만 안개가 너무 짙게 깔려 있어서 아무것도 보이지 않았고 세차게 불어오는 돌풍 때문에 제대로 눈도 뜨지 못했다. 한 청년이 갑자기 소리를 지르며 허공을 손가락으로 가리켰다. 모두들 바람을 손으로 막으며 그쪽을 쳐다보니 남자가 바람에 실려 하늘에 붕 떠 있는 모습이 보였다. 마을로 돌아온 청년들의 말은 각자 달랐는데, 어떤 청년은 그 남자가 아주 천천히 절벽 밑으로 떨어졌다고 했고 어떤 청년은 그 남자가 그대로 하늘 저편으로 사라졌다고 했으며 또 어떤 청년은 안개 때문에 아무것도 보지 못했다고 했다. 그날 이후 마을에선 그 남자의 모습을 다시는 볼 수 없었지만 시체도 찾지 못했다.

윤은 말을 마친 후 생각에 잠겼고 나는 그 이야기를 다시 곱씹어 보았다.

"비현실적인 이야기네."

"현실적인 얘기지."

"뭐가?"

"이해받지 못하고, 이해하지도 못하고, 사랑받지 못하고, 사랑하지도 못하고, 사랑한다 해도 알지 못하고, 사랑받는다 해도 알지 못하는 사람의 이야기잖아."

"그러니까 비현실적이지."

윤이 피식 웃었다.

"그러니까 현실적인 거야. 너도 좀 더 어른이 되면 내 말이 이해가 될 거다."

"……오빤 그 남자가 어떻게 됐을 것 같아?"

"중요한 건 그 남자가 어떻게 됐느냐가 아니야. 그 남자가 어떻게 되기를 원했느냐지. 청년들이 결국 자기들이 원하는 대로 본 것처럼."

"너무 애매해."

"사는 게 원래 그래."

그때까지 윤이 나보다 나이 많은 어른이라고 생각해본 적이 별로 없었는데, 웃으면서 그렇게 말하는 윤은 확실히 나보다 훨씬 어른처럼 보였다. 우리는 다시 산을 오르기 시작했다. 산을 타기 시작한 지 거의 세 시간이 지나서야 바람산 봉우리가 보이는 곳에 겨우 도착할 수 있었다. 나는 백색의 화강암으로 이루어져 있는 깎아지른 듯한 암봉을 올려다보며 그만 자리에 힘없이 주저앉고 말았다.

"어떻게 할래? 힘들 것 같니?"

윤이 걱정스럽게 물었다.

"미안해, 오빠. 도저히 무리겠다. 난 고소공포증이 있거든. 이렇게 무서울 줄 생각도 못했어. 바람산 돌풍이 궁금했는데, 느껴보긴 영 글렀나 봐."

이미 그곳에서도 나무들 틈새로 인근 풍경이 한눈에 다 내려다보여 그 엄청난 높이감 때문에 나는 두려움을 느끼고 있었다.

"이 산은 높이가 얼마나 되는 거야?"

"음, 한 700m 가까이 되는 걸로 알고 있어. 꽤 높은 편이지. 어쩔까. 여기서 좀 쉬다 그냥 내려갈까?"

"아니. 난 여기서 기다릴 테니 오빠는 정상까지 다녀와. 모처럼 일부러 온 건데."

내 간곡한 말에 윤은 따듯한 시선으로 나를 바라보더니 고개를 끄덕였다. 윤이 혼자 정상으로 출발하고 난 후 나는 배낭에서 비스킷과 물통을 꺼냈다. 몸의 진이 다 빠져버린 느낌이었다.

윤이 돌아온 것은 삼십여 분이 지나서였고 얼굴엔 상쾌함이 가득했다. 돌풍이 여전해서 기분이 좋았다고 말하면서 갑자기 내 손을 잡았다.

"자, 너도 바람을 느껴봐. 내 손에 담아 왔거든."

나는 좀 당황스럽긴 했으나 그대로 가만히 있었다. 윤의 손은 생각보다 컸고 바람 탓인지 싸늘해져 있었다.

*

나는 이불 속에서 발가락을 꼼지락거렸다. 무척 추운 날이었고 창문이 가끔씩 덜커덩거리는 소리만 듣고 있어도 밖의 매서운 바람이 어느 정도인지 짐작이 갔다. 마음속으로 '하나, 둘, 셋'을 외치고서야 자리에서 벌떡 일어나 두꺼운 솜이불을 걷어내고 침대 밖으로 나올 수 있었다. 나는 몸을 부르르 떨면서 카디건을 찾아 잠옷 위에 걸쳤다. 널찍한 목사관은 동네의 다른 농가보다야 훨씬 따뜻한 편이었지만 지하실에 있는 연탄보일러로 덥혀지는 온돌은 외풍을 완전히 해결해주지 못했다.

이불 정리를 위해 창문을 조금 열자 차갑고 싸한 공기가 곧 방으로 쏟아져 들어왔다. 밤새 눈이 엄청나게 쌓여 흰 눈에서 반사되는 빛 때문에 평소보다 훨씬 밝은 대기가 눈을 따갑게 했다. 나는 주방으로 들어가 우유를 따끈하게 중탕해서 거실로 들고 나왔다. 부모님은 어제 같은 지방 목사 부부들과 함께 2박 3일 일정으로 온천 여행을 떠나서 집엔 나 혼자였다. 우유를 다 마시고 나는 세수를 한 뒤 옷을 갈아입었다. 차로 데려다 줄 아빠가 없었으므로 옷을 평상시보다 훨씬 더 두껍게 차려입어야 했다. 바깥의 매서운 바람을 염두에 두고 하나로 묶었던 머리를 길게 풀어 늘어뜨린 다음 그 위에 털모자까지 눌러썼다.

마당에 소복이 쌓인 눈을 밟고 언덕길로 내려서자 미끄러져 넘어지지 않기 위해 부츠를 신은 발가락에 잔뜩 힘을 주어야 했다. 마을 어귀로 나가는 길은 부지런한 동네 사람들이 연탄재를 깨뜨려 놔주어서 괜찮았지만 국도 변까지 가는 기다란 도로는 얼어붙은 눈이 반질거리며 햇빛에 반짝이고 있어 보기에도 심상치 않았다. 양옆으로 펼쳐진 널따란 벌판에서는 위잉 하는 소리가 들릴 정도로 강한 북풍이 몰아치고 있었다.

마을 앞 정류장에서 발을 구르며 버스를 기다렸지만 올 시간이 훨씬 지나도록 버스는 오지 않았다. 마을까지 들어오는 버스는 T면 전체에 흩어져 있는 모든 마을을 돌아서 오는 버스였고 눈이 너무 많이 쏟아지거나 한 다음 날에는 간혹 운행이 취소되기도 했다. 비포장도로에 산길까지 지나야 했으므로 도저히 버스가 다닐 수 없기 때문이었다. 나는 가을걷이가 모두 끝난 벌판을 휘감아 도는 매서운 바람 소리를 듣다 빠르게 걷기 시작했다. 하루쯤 빠져볼까 하는 생각이 잠깐 들었으나 나보다 일찍 입시 준비를 시작한 학원의 다른 아이들이 떠올랐으므로 차마 그럴 수 없었다.

털모자를 깊숙이 눌러썼는데도 곧 귀가 떨어져 나갈 듯이 아려왔다. 아무것도 거칠 것 없이 불어대는 벌바람의 기세는 대단해서, 휘이이이잉 하는 공기의 진동음은 대지를 가를 듯 사나웠고 날카로운 바람 끝은 두꺼운 모직 옷을 쉬이 뚫고 들어와 연약한 피부를 저며놓았다. 머리카락이 세찬 바람에 마구 나부끼며 목에 감겨 왔고, 눈이 시려서 제대로 뜰 수조차 없었다. 고개를 숙이고 조금이라도 바람을 피해보려 애썼으나 얼굴이 이미 얼을 대로 얼어 바람을 정면으로 맞든 그렇지 않든 송곳이 꽂히는 것 같은 추위는 매한가지였다.

나는 뒤를 돌아보고 얼마나 걸어왔나 가늠해보았다. 삼 분의 이 정도를 걸어와 되돌아가기도 뭐한 거리였지만 해가 진 후 이 길을 다시 걸어온다는 것이 거의 불가능하다는 데 생각이 미쳤다. 매일 아빠 덕에 얼마나 편히 학원을 다니고 있었나 절감하며 잠시 길 한가운데 서서 어떻게 할지를 고민했다. 조금만 더 걸어가면 국도 변 버스 정류장이었으나 버스 운행이 다시 재개되리라는 보장이 없는 한 무턱대고 시내에 나갈 수도 없는 노릇이었다. 나는 숙였던 고개를 들고 벌판을 휘 둘러보았다. 온통 흰 눈으로 둘러싸인 그곳은 피부에 닿는 추위와 마찬가지로 싸늘하고 삭막했다. 멀리 보이는 동네가 마치 엽서 속에서 오려낸 그림을 썰렁한 화판에 콜라주한 것처럼 이질적으로 느껴질 정도였다. 그리고 그 순간, 나는 울고 있음을 깨달았다. 가슴속에 꾹꾹 눌러 담아 아무리 이겨내 보려고 애써도, 슬픔은 어떤 순간 불쑥 찾아와 자신이 응당 받아야 할 눈물의 몫을 요구했다. 만일 눈물이 다 말라버린다면 앞으로 이런 식의 슬픔은 더 이상 찾아오지 않을 테지만 불행히도 인간은 살아 있는 한 계속 눈물을 흘리게 되어 있었고, 그것은 특정한 질병에 걸리지 않는 이상 어쩔 수 없는 자연의 섭리였다.

석준이를 다시 본 건 퇴원을 한 지 일주일 만이었다. 석준이는 일부러 기다린 듯 내가 과외를 끝마치고 버스를 타는 시내의 버스 정류장에 서 있었다.

"같이 가면서 얘기 좀 해."

나는 고개를 끄덕였고 우리는 함께 버스를 기다렸다. 몇 대의 버스가 지나가고, 무심한 사람들이 바삐 지나쳐 갈 동안 해가 지는 저녁 시간 특유의 쓸쓸함이 우리를 감쌌다. 버스에 올라타 자리가 나자 석준이는 나를 앉히고 자신은 그 앞에 손잡이를 잡고 섰다. 키가 큰 석준이는 어깨를 약간 구부려 시내를 벗어나고 있는 버스의 창밖 풍경을 내다봤다. 눈이 덮이도록 자라버린 앞머리는 버스가 덜컹거릴 때마다 흐트러졌고 날카로운 눈은 생각에 잠겨 있을 때면 늘 그렇듯 어딘지 모르게 서글퍼 보였다.

우리는 국도 변 버스 정류장에 내려 천천히 걸었다. 바람이 불 때마다 벼들이 가득한 벌판이 파도치듯 굽이쳤고, 어둑해져 색이 짙어진 코스모스들도 같이 흔들거렸다. 나는 몇 년 전 가을 오후, 석준이가 내 뒤를 따라 느릿하게 걷던 기억을 떠올렸다.

"몸은 이제 괜찮은 거야?"

석준이가 물었다.

"보다시피."

석준이는 갑자기 걸음을 멈췄고 흔들리는 벼들을 물끄러미 바라보다 힘겹게 입을 열었다.

"저기, 그때는……."

"실수였다고 말할 거야?"

"실수라고는 생각 안 해."

"그럼?"

"하지만 이제 너한테 키스 같은 건 안 할 거야."

석준이는 잠시 머뭇거리다 다짐하듯 물었다.

"우린 아직도 친구지?"

나는 망설였다. 석준이가 기를 쓰고 긋고 있는 선 안쪽으로 훌쩍 뛰어넘고 싶은 욕망과, 그저 이쯤에서 머물며 그 애의 손을 놓치고 싶지 않은 안타까움이 뒤엉켜 나를 혼란스럽게 했다. 나는 석준이가 자신을 보호하기 위해 둘러치는 막들을 걷어낼 용기가 없었다. 그 안에 웅크리고 있을 석준이의 알몸을 보게 되는 것이 두려웠다. 만일 석준이의 선 안쪽으로 넘어가게 된다면, 그다음엔 뭘 어찌해야 좋을지도 알 수 없었다. 마음속에서 일렁이는 슬픔을 애써 누른 채 나는 천천히 고개를 끄덕였고 석준이는 안도하는 듯한 미소를 지었다.

학원의 소묘실은 창백한 형광 불빛으로 가득 차 있었다. 변덕스러운 자연광은 일정한 규칙을 연습해야 하는 연습생들에게 혼란을 주었으므로 창문은 모두 단 한 점의 빛도 들어오지 못하도록 빈틈없이 선팅 되어 있었던 것이다.

마치 스펀지가 물을 흡수하듯, 나는 석고 소묘의 규칙들과 수채화의 색 조합을 맹렬하게 습득했다. 매일 각도와 비율을 계산하고 연필 쓰는 법을 새롭게 익히고 정물들의 표현법을 익히면서 입시 미술은 정해진 규칙 안에서의 꾸준한 훈련이 열쇠라는 것을 깨닫고 있었다. 규칙을 지키거나 성실히 훈련하는 것은 내게 그리 어려운 일이 아니었다.

한참을 그림에 열중하던 나는 목이 뻣뻣해지는 것을 느끼며 벽에 걸린 시계를 쳐다봤다. 벌써 네 시간가량 지나 있었다. 아직까지 그림을 그리고 있는 원생들은 모두 실기 시험이 코앞인 고3 수험생들이었다. 나는 연필을 내려놓고 이젤에서 몇 걸음 물러난 뒤 점차 윤곽을 드러내고 있는 아그리파의 얼굴을 바라보았다. 2절지를 꽉 채워야 하는 석고 소묘는 그림이라기보단 노동에 가까웠고, 나처럼 연필이나 물감 다루는 법이 이미 손에 붙어 있는 경우는 더욱 힘들었다. 독창적이고 개성적인 기법들은 오히려 방해만 될 뿐이었던 것이다.

내가 등록한 학원은 합격률도 높았고 명문 미대 입학에 성공한 선배들도 여럿이라 다소 비싼 수강료에도 늘 원생들로 넘쳐났다. 30대 중반의 원장은 내가 지망하는 미대의 졸업생이었으니 내 목표치를 이미 달성한 사람이었다. 그는 3학년 소묘 수업을 맡고 있었는데 1, 2학년들도 원하면 그의 수업을 지켜볼 수 있었다. 그의 소묘 작품들은 정교해서 아름다웠으며 정확해서 허점이 없었다.

오랜 세월 수만 번의 연습 끝에 완전히 손에 익어버린 적확한 비율 감각으로 중요한 특징만을 잡아내서 그림을 완성하는 그는 숙련된 기술로 장인의 경지에 오른 사람처럼 보였다.

그런 그가 원장실 구석에 마련해놓은 작업실에는 늘 흰 종이로 덮여 있는 캔버스 하나가 이젤에 놓여 있었다. 전면을 가려놓긴 했지만 모서리의 특징적인 얼룩은 서너 달이 지나도록 여전히 그대로여서 원장이 겨우 30호 남짓한 캔버스 하나를 완성하지 못한 채 전전긍긍하고 있다는 것을 알 수 있었다. 그는 시간이 남아 무료하거나 뭔가 일이 안 풀려 답답해질 때면 습관처럼 소묘실로 들어와 학생들과 함께 석고상들을 소묘했다. 하지만 원장은 이미 미대를 졸업했으니 만점짜리 입시용 소묘 작품을 수없이 그려낸다 한들 아무 소용 없는 일이기도 했다.

언젠가 원장은 농담조로 소주 여섯 병을 마신 후 라오콘의 흉상을 소묘해본 적이 있다고 했다. 학생들이 어땠냐고 묻자 "그냥저냥 형태는 나오더라. 좀 엉성하긴 했지만 솔직히 말하자면 내가 이제껏 그려왔던 그 어떤 라오콘보다 마음에 들었어."라고 심드렁하게 대답했다.

재능이란 결국 몰두하고 노력할 수 있는 힘이라고 봤을 때, 소주 여섯 병을 마신 후 술주정 대신 소묘를 할 정도인 원장은 확실히 재능 있는 사람이었다. 하지만 그가 자신의 생활을 보장해주는 안락한 소묘실을 떠나 몇 달째 선 하나 제대로 그을 수 없는 캔버스 앞에 앉지 못하는 한 결코 예술가는 될 수 없을 것이다. 자신이 지닌 한계가 너무 분명했으므로, 그는 자신의 재능으로 끝없이 숨어들었다. 원장에게 입시용 석고 소묘란 은신처이자 한계인 셈이었다.

내가 다시 이젤 앞에 앉아 아그리파의 왼쪽 면에 어두운 음영을 덧그리고 있을 때 원장이 내 뒤를 지나치며 외쳤다.

"더 힘차게! 더 시커멓게! 팔뚝에 파스를 백 장 붙이면 대학에 백 걸음 가까워지는 거야!"

좀 더 그림을 그리고 싶었으나 나는 소주를 집으로 불러둔 상태였다. 밤참도 만들어 먹고 수다도 떨면서 하룻밤 같이 잘 생각이었던 것이다. 나는 가방을 챙긴 후 학원 밖으로 서둘러 나왔다. 짧은 겨울 해에 벌써 어둑했지만 다행히 눈이 쏟아지거나 하진 않았다. 학원 앞에서 택시를 잡기 위해 한참을 서 있었지만 붙잡는 택시마다 T면으로 가자는 소리에 고개를 설레설레 흔들고는 그대로 떠나버렸다. 그렇게 거의 삼십 분을 허비하고 발가락까지 꽁꽁 얼어서야 버스를 타고 걸어 들어가는 길밖에 없다는 생각이 들었다. 그 추운 길을 이 어두운 저녁 시간에 걸어 들어갈 생각을 하니 소름이 오싹 끼쳤다. 나는 손목시계를 보며 황급히 버스 정류장으로 뛰어갔고 오 분쯤 후에 마을 앞 국도 변까지 가는 버스를 탈 수 있었다.

의자에 앉아 피곤에 지쳐 깜박 잠이 들었다 버스의 진동에 놀라 눈을 떴을 때, 차창 밖으로는 심한 눈보라가 몰아치고 있었다. 나는 점점 더 불안한 마음으로 어둠 속에 퍼붓고 있는 눈들을 지켜보았다. 그저 펑펑 내리는 눈이 아니라 매서운 북풍에 휘몰려 소나기처럼 쏟아지는 눈발이 예사롭지 않았고, 오도 가도 못하고 꼼짝없이 벌판에 서 있을 생각을 하니 눈앞이 캄캄해졌다.

버스가 정류장에 느릿느릿 섰을 때, 나는 각오를 단단히 하고 내려섰다. 하지만 버스의 온기가 가시자마자 사정없이 내려치는 칼바람과 세찬 눈보라는 예상했던 것보다 훨씬 더 광폭했다. 더욱이 바람은 정면으로 불고 있었다. 나는 힘겹게 발짝을 떼면서 마을도 보이지 않는 공허한 시계(視界)를 둘러보았다. 눈 덕분에 아주 어둡지는 않았으나 거친 눈발 속이 안개 속처럼 흐릿하기는 매한가지여서 뼛속까지 파고드는 한기와 함께 비현실적일 만큼 커다란 두려움이 엄습해 왔다.

"명지야!"

나는 믿기지가 않아 눈을 부릅떴다. 저 멀리서 소주가 두툼한 목도리로 얼굴을 칭칭 동여매 눈만 빼꼼 내놓은 채 나를 향해 한 팔을 마구 흔들고 있었다. 나도 얼른 손을 흔들었다. 소주는 내게 다가오자마자 옆구리에 끼고 온 목도리를 내 얼굴에 싸맸다.

"어휴, 너도 참! 뭐 하고 있는 거야?"

소주는 고래고래 소리를 지르더니 내 손을 꽉 잡고 앞장서서 성큼성큼 걷기 시작했다. 커다란 안도감과 함께 기운이 솟아났다. 우리는 눈보라를 뚫으며 함께 걸었고 마침내 목사관의 불빛이 보였을 땐 눈이 무릎까지 차오르고 있었다.

"너도 참 대단하다. 이런 날 학원을 가다니. 온다는 시간이 지나도 안 와서 마중 나가길 잘했지 뭐야. 이런 날은 마을버스도 운행을 안 한단 말이야."

함께 거실 소파에 앉아 따듯한 물로 언 발을 녹이면서 소주가 기막히다는 듯 말했다.

"그림 그리는 게 그렇게 좋아?"

"응. 좋아."

"부러워. 뭔가 그렇게 열중할 수 있다는 게."

"난 네가 부러운걸."

내가 웃으며 말하자 소주가 눈을 커다랗게 떴다.

"거짓말. 네가 부러워할 게 뭐가 있는데?"

나는 손을 들어 흘러내린 소주의 머리카락을 귀 뒤로 넘겨주었다.

"넌 사람의 상처를 건드리지 않고도 다가가는 법을 알거든."

소주가 잘 모르겠다는 표정으로 쳐다보았다.

"그리고 두 번째로 부러운 건 넌 자신의 그런 점을 전혀 모르고 있다는 거야."

"또 이상한 소리 한다. 넌 가끔 모를 소리를 하더라."

"너도 언젠간 알게 될 거야. 아마도."

소주는 약간 쑥스러워하며 따끈한 코코아를 한 모금 마셨다. 그러고는 문득 한숨을 길게 쉬었다.

"그런데 석준이는 도통 무슨 생각을 하는지 모르겠어. 2학년 때 계열 선택을 해야 하는데, 어떡할 거냐고 물었더니 자기는 아무래도 상관없다고 하더라. 뭐 성적이 골고루 다 좋게 나오긴 하지만. 설마 대학을 안 간다고 하거나 그러진 않겠지?"

소주가 걱정이 가득한 목소리로 말했다.

"글쎄. 공부는 열심히 하고 있잖아. 너무 불안해하지 마."

"불안해. 석준이가 미래에 대해 얘기하는 거 한 번도 못 들어봤는걸."

"……원래 자기 일은 잘 얘기 안 하잖아."

"혹시 등록금 걱정 같은 걸 하고 있는 걸까?"

"그럴 수도. 생각이 많은 아이니까."

소주는 어두운 안색으로 생각에 잠겼다.

"학비며 생활비, 아직 괜찮은 거야?"

내가 조심스레 묻자 소주가 진지한 목소리로 대답했다.

"나한테 계획이 있어. 과수원을 내놓을 생각이야. 제값을 못 받을지도 모르지만 난 그걸 팔아서 석준이와 내 대학 등록금을 만들 거야. 그럼 등록금이랑 당분간 생활비 정도는 그럭저럭 될 것 같아."

"석준이하고는 아직 얘기 안 했지?"

"응. 보나마나 말도 안 된다고 펄펄 뛸걸 뭐. 나중에 내가 다 알아서 한 다음에 말하려고."

"……과수원 팔아도 정말 괜찮겠어?"

"어차피 대학 가면 여길 떠나야 하고 내가 관리할 수도 없어. 그런 일 때문에 파는 거면 할아버지도 기뻐하실 거라 생각해."

나는 소주의 손을 가만히 잡았다. 복숭아를 따주던 영감님은 죽어 없었고 과수원도 곧 팔릴 테니 우리는 이제 그토록 달콤했던 복숭아는 평생 먹지 못할 것이다.

다른 세계

나는 화사한 봄 햇살에 속아 교복 바람으로 나선 것을 후회하며 학원을 향해 가고 있었다. 엄마가 코트를 입고 가라고 잔소리한 것이 오히려 그냥 나서게 만들었지만, 등굣길에 벌써 자신의 철없는 행동을 후회해야 했다. 저녁때가 되자 바람은 더욱 세차져서 약 올리듯 숨은 봄 햇살까지 싸늘하게 식혔다. 나는 얼굴이 하얗게 질린 채 추위에 떨면서 뛰다시피 걸었다. 마침내 반갑게 보이는 학원 간판을 올려다보며 출입문을 스치듯 본 순간, 그 앞에 서 있는 훌쩍 키 큰 남학생 하나를 발견했다. 석준이는 학생용 오버코트에 손을 찔러 넣은 채 생각에 잠겨 있었고 머리는 얼마 전에 다듬었는지 약간 짧아져 있었다.

석준이는 파랗게 질린 내 얼굴을 재빨리 훑어보더니 짜증스럽다는 듯 눈썹을 찌푸렸다.

"넌 옷차림이 그게 뭐냐?"

"날이 따듯할 줄 알았거든."

석준이는 인상을 구긴 채 입속으로 뭐라고 중얼거렸다. 나는 모르는 척하고 밝게 말을 이었다.

"여기까지 웬일이야?"

석준이의 얼굴이 어색하게 굳더니 잠시 망설이다 주머니에서 손을 쑥 빼내어 앞으로 내밀었다.

"이게 뭐야?"

"받아."

나는 석준이의 손에 들린 작은 상자를 받아 들었다.

"소주더러 전해주랬더니 나보고 직접 주라고 해서. 아르바이트비가 나와서…… 어쩌다 보니 그냥…… 그리고 소주 거랑 같이 산 거니까, 그러니까…… 머리핀인데…… 별거 아니야."

석준이가 엉뚱한 곳을 쳐다보며 두서없이 중얼거렸고 나는 놀라서 잠시 아무 말도 하지 못했다. 학년이 바뀐 뒤 석준이가 야간 자습을 포기하고 시내의 경양식집에서 주방 보조로 일하고 있다는 소리를 소주에게 전해 듣기는 했었다. 석준이는 나를 흘긋 보더니 얼굴을 약간 붉히며 재빠르게 말했다.

"그럼, 간다."

"잠깐! 잠깐만 있다 가. 모처럼 왔는데 그냥 갈 거야?"

"너 학원 들어가야 하잖아?"

"조금 늦어도 상관없어. 부탁이야."

석준이는 망설이는 기색이 역력했으나 추위에 떠는 나를 쳐다보고는 체념한 듯 고개를 끄덕였다. 나는 석준이를 데리고 학원 근처의 한 카페로 들어갔다. 학원 아이들과 가끔 들러 음료도 사 마시고 간단한 샌드위치도 사 먹고 하는 곳이었다. 자리를 잡고 앉아 석준이는 주위를 휘 둘러보았다. 흰하고 아늑한 그곳엔 연인처럼 보이는 젊은 사람 몇 쌍이 있을 뿐 별로 손님이 없었다.

"안 그래도 할 말이 있었어."

주문한 커피가 나오자 석준이가 잔을 들며 먼저 입을 열었고, 나는 고개를 끄덕였다.

"이번 영감님 기일만 지나면 나는 집을 나갈 생각이야."

나는 조용히 석준이의 다음 말을 기다렸다.

"소주가 그 집에 혼자 있게 되는 게 아무래도 걸려서. 교회에서 그 애를 얼마만큼 들여다봐 줄 수 있는 건지 확실히 알고 싶어. 허술한 방범에 대해 대책도 세워야 할 것 같고."

"왜 집을 나가려는 거야?"

"너도 소문은 들었을 거 아냐. 더 이상 뭉갤 필요 없잖아."

"난 네가 고등학교 졸업 때까지는 있을 줄 알았어. 아직 시간이 있을 거라 생각했지."

"지금쯤 나가는 게 좋을 것 같다. 지금도 너무 늦긴 했지만."

나는 잠시 뜸을 들이다 물었다.

"소주가 여자로 보이는 거야?"

"그건 또 무슨 말이냐?"

"바로 말 그대로야. 소주가 여자처럼 느껴져서 한집에 살기 불편하냐고."

"그렇지 않다는 거 너도 잘 알잖아."

석준이는 얼굴을 약간 붉히며 황당하다는 듯 말했다.

"잘 몰라. 소주는 그렇게나 예쁘고 너도 소주를 좋아하잖아."

"너까지 이상한 소리 할래?"

"그럼 도망치지 마, 소주에게서. 소주는 네가 생각하는 것보다 훨씬 더 강한 아이고 소문 따위에 흔들릴 거면 애초에 널 집으로 데려오지도 않았을 거야."

"난 도망치는 게 아니야. 그러니 그렇게 말하지 마."

석준이가 입술을 깨물며 신경질적으로 말했다.

"넌 도망치는 거야. 그 애의 편안함과 따듯함에서. 왜 넌 그런 게 애초에 네 몫이 아니라고 단정 짓는 거니? 네 몫이 아니었다 해도 네 걸로 만들면 되잖아."

"난 누구도, 무엇이든 내 걸로 만들고 싶은 생각 없어."

"그렇겠지. 너와의 대화는 늘 제자리걸음이구나. 정말 그렇다면 왜 소주의 안전에 신경을 쓰니? 어떻게 되든 너 좋을 대로 나가 버리면 그뿐이잖아?"

"나도 사람이야. 그간 같이 살아온 세월이 얼만데 그럴 수 있겠어? 그러니 너무 그렇게 몰아세우지 마라."

석준이는 침착하게 말했으나 말투에 슬픈 기색이 옅게 감돌았다. 나는 나도 모르게 한숨을 쉬고 말았다.

"……소주도 네 걱정 하더라."

"걱정?"

"그래. 너무 불안하게 내버려 두지 말고 가끔 네 생각도 좀 얘기해주고 그래. 어쨌든 둘은 가족이나 마찬가지잖아?"

석준이는 물끄러미 물컵을 내려다보았다.

"그렇지만 정말 할 말이 없어."

"왜 그렇게 매사가 수동적이야? 그럴 거면 공부는 왜 열심히 하는 건데?"

이번에는 석준이가 답답하다는 듯 한숨을 내쉬었다.

"너 말이야, 소주도 그렇고, 둘 다 내 엄마처럼 군다는 거 알고 있어? 내 일은 내가 알아서 할 수 있어. 그러니 걱정은 그만했으면 좋겠다."

나는 입술을 꼭 깨물며 물컵을 만지작거렸다.

"너, 그냥 그렇게 매일 살아내는 것만 힘에 겨워서, 계속 그렇게 살 거야? 아무래도 상관없다는 식의 태도잖아."

"……더 나은 내일을 위해 대학이란 델 가는 모양인데, 더 나은 내일이란 결국 좀 더 편한 오늘일 뿐이야. 난 지금 이 상태로도 크게 불편하지 않고, 내가 살아가는 데 필요한 최소한의 것 정도는 대학엘 가지 않아도 얻을 수 있어. 그러니 진학할 필요성을 못 느끼는 거야. 일단 졸업하면 공부는 다시 안 할 거야. 사는 데 필요가 없을 테니까."

"그럼 사는 데 필요한 최소한의 것은 어떻게 얻을 생각인데?"

"주방 일을 계속할 생각이야. 계속 허드렛일을 해도 좋고, 그러다 다른 하고 싶은 일이 생기면 그때 가서 생각해보려고."

"주방에서 허드렛일하는 게 좋아?"

"좋아."라고 석준이가 망설이지 않고 대답했다.

"뭐가 좋은데?"

석준이는 한 손으로 커피 잔을 빙글빙글 돌리고 있었다.

"뭐랄까, 몸을 움직이는 게 좋아. 특히 아무 생각할 것 없는 허드렛일일수록 머리가 맑아지고 마음이 평안해져. 산더미처럼 쌓인 설거지를 열심히 하고, 매일 들어오는 식료품을 다듬고, 넓은 홀을 몇 시간씩 쓸고 닦고 하다 보면 시간이 흘러가고 있다는 게 안심이 돼. 접시들은 아무리 깨끗이 닦아도 얼마 안 있으면 다시 더러워져 내 손으로 돌아오고, 먼지와 얼룩은 기를 쓰고 닦아내도 하루가 끝날 때쯤이면 다시 원점으로 돌아가 있지. 시간은 흐르고 나는 무언가 하고 있지만 그 흔적은 결코 남는 법이 없고 누구도 신경 쓰지 않아. 그런데도 내겐 늘 해야 할 일이 있어. 더 이상 만족스러울 순

없을 거야."

석준이의 말이 나를 슬프게 했다.

"너 그거 알아? 꿈도 희망도 없으면 그건 이미 죽은 거야. 식당에서 매일 설거지만 하며 하루 밥 세 끼 먹고 사는 게 네가 원하는 삶의 전부라면 행복은 어디에서 찾을 거야?"

"행복?"

"그래, 행복."

한동안 말없이 앉아 있던 석준이가 입을 열었다.

"그런 건 살아 있는 사람들이나 가질 수 있는 거야."

"넌 여기 살아 있고 그건 부정할 수 없는 사실이야. 어쨌든 넌 살았어."

내 눈에서 눈물이 떨어지고 있었다.

"일석이는 이미 죽었어. 그러니까 이젠 네가 살 차례야."

"울지 마. 제발 부탁이야."

석준이가 당황하며 말했고 나는 울음을 삼키기 위해 애를 썼다. 늘 울고 싶을 석준이 앞에서 내가 먼저 울고 싶지 않았다.

"그 폭우 속에서 나도 일석이랑 같이 죽었다는 걸 너도 이제 그만 인정해. 그럼 모든 게 편해질 거야."

나는 그대로 꼼짝도 않고 앉아서 석준이가 나가는 소리를 들었다. 맞은편 석준이의 자리엔 그 애의 코트가 그대로 놓여 있었다.

*

“석준이가 걱정이야.”

소주가 눈앞에 놓인 산더미 같은 파르페를 뒤적거리며 말했다. 소주와 나는 시내의 영화관에서 영화를 한 편 본 뒤 카페에 마주 앉아 번잡하게 들썩이는 토요일 저녁의 거리를 구경하고 있었다.

“어젠 불쑥 학교를 그만두고 싶다고 하더라. 내가 펄쩍 뛰긴 했지만 생각을 고쳐먹은 것 같진 않아.”

“너무 걱정 마. 자기 할 일은 다 알아서 잘 했잖아.”

“……석준이, 언젠간 내 곁을 떠나겠지?”

소주의 서글픈 말은 작년 여름, 소주네 집에 갔다가 우연히 보게 된 어떤 장면을 떠올리게 했다.

석준이는 막 세수를 한 뒤 수건으로 물기를 닦고 있었고, 소주는 마루에 걸터앉아 그런 그 애를 바라보고 있었다. 석준이가 소주 옆에 다가앉자 두 사람은 뭐라고 이야기를 나누었다. 나는 사립문을 열고 들어가려다 멈칫하고 말았다. 석준이가 한숨을 쉬면서 소주의 어깨에 머리를 기대더니 눈을 감았고, 소주는 그런 석준이를 다정한 눈길로 내려다보았다. 그러고 있는 두 사람 사이엔 내가 모르는 무언가가 있었고 그것이 내 마음을 아프게 했다. 나는 안으로 들어가지 못하고 그냥 집으로 돌아갔었다.

내 마음은 정확히 둘로 갈라져 있었다. 소주와 석준이가 함께 있는 것을 보는 것이 무척 괴롭다는 심정과, 석준이가 소주에겐 그나마 보통 사람 같은 감정을 가지고 있다는 안도감이었다. 나는 석준이가 평범한 남자친구가 되어줄 수 없다는 것을 알고 있었고, 내가 정말 석준이에게 그런 것을 바라고 있는지조차 확신할 수 없었다. 만일 석준이와 보통의 연인 사이로 발전할 가능성 같은 게 조금이라도 있었다면, 나는 질투 때문에 소주를 미워하게 되었을지도 모른다. 하지만 석준이는 어딘가 고장이 나버린 아이였다. '관계'를 두려워하는 그 애에게 내가 가지고 있는 이런 감정들이 과연 무슨 의미가 있을까. 그럼에도 불구하고 석준이에 대한 이유를 알 수 없는 애틋한 감정처럼, 고통스러운 질투 역시 이유 없이 나를 불쑥불쑥 괴롭히곤 했다. 그리고 그럴 때마다 소주에 대한 내 우정이 겨우 이 정도밖엔 안 되는 건가 싶어 씁쓸해졌다. 대체 사람이란 왜 이 모양인지 알 수 없었다.

카페를 나온 우리는 가게의 쇼윈도에 전시된 옷이며 가방 같은 것들을 구경했다. 거리는 토요일 오후를 보내기 위해 쏟아져 나온 젊은이들로 무척 혼잡해서 아무리 조심해도 지나가는 사람들과 어깨며 팔이 자꾸 부딪쳤다. 한 남자가 소주와 어깨를 세게 부딪치더니 미안하다는 사과도 하지 않고 그냥 지나치며 "웩, 팔 병신이네." 라고 했다. 나는 재빨리 그 남자의 팔을 붙잡았다. 남자가 힐끗 쳐다보았고 나는 있는 힘껏 뺨을 갈겼다.

"에이, 쌍!"

남자의 주먹이 정통으로 날아오자 나는 반사적으로 팔을 올리며 눈을 감았다. 하지만 퍽 소리와 함께 소주의 가방이 남자의 얼굴로 먼저 날아들었다. 소주가 한 팔로 가방끈을 팔랑개비처럼 돌리며 소리 질렀다.

"너 걔 건드리면 내 손에 죽어!"

쓰러졌던 남자가 머리를 몇 번 흔들고 일어나더니 쌍욕을 퍼부으며 우리에게 달려들었다.

"개새끼 지랄하네!"

소주는 내 손을 잡고 꽁무니가 빠져라 도망치면서도 계속 뒤를 돌아보며 큰 소리로 욕을 퍼부어댔다.

"병신 새끼, 좆만이, 씹 새끼, 에라 고자 새끼!"

나는 겁이 나면서도 웃음이 터져 나와 미칠 것 같았다. 마침 빈 택시가 지나가 나는 마구 손을 휘저었다. 아직도 소릴 질러대며 욕을 퍼붓고 있는 소주를 멈춰 선 택시에 먼저 태운 뒤 나도 얼른 올라탔다. 남자가 뒤쫓아 와 막 출발하는 택시 문을 거칠게 걷어찼다. 나이 지긋한 운전사가 놀라면서 무슨 일이냐고 물었다.

"그냥 미친놈이에요."

내 말에 소주가 웃음을 터뜨렸다. 그러고는 코를 훌쩍거렸다. 나는 손수건을 꺼내 소주의 눈물을 닦아주었다.

며칠 뒤 나는 용기를 내서 석준이가 일하고 있는 '가로수'라는 경양식집을 찾아갔다. 카운터에서 석준이의 이름을 대자 잠시 후에 주방에서 석준이가 나왔다. 고무장갑을 낀 채 앞치마를 걸치고 있는 석준이는 완전히 그곳에 적응한 것처럼 보였다. 나는 석준이에게 언제쯤 끝나느냐고 물었다. 석준이는 손님으로 꽉 차 있는 홀을 둘러보며 난감하다는 듯 말했다.

"자정이 넘어서야 끝날 거야."

"상관없어. 기다릴게."

나는 근처의 카페로 들어갔다. 창가에 자리를 잡고 앉은 뒤 가져온 책을 펼쳐 들었다. 시간이 얼마가 됐든 석준이를 기다릴 셈이었다. 내가 읽고 있는 책은 헤르만 헤세의 『유리알 유희』였다.

나는 요제프가 평생을 수련해 마침내 인생의 정점이자 유희의 절정에 오른 순간 돌연 종단(宗團)을 탈퇴하고 바깥세상으로 나오는 대목을 읽고 있었다. 그것은 유희의 요제프식 연장이었다. 요제프는 절정에서 만족하는 대신 종단 밖의 삶에서 종단의 당위성을 찾아내고 싶어 했다. 요제프가 유희 명인의 자리를 버리고 선택한 것은, 반항적이지만 천분(天分)이 충만한 소년 티토의 개인 교사 자리였다. 나는 바깥세상에선 순진한 아이와도 같은 요제프가 어떤 식으로 그의 남은 삶을 보내게 될 것인지 무척 궁금했다.

두 잔째의 커피를 마시며 요제프가 티토와 함께 산장으로 여행 간 대목을 읽고 있는데 석준이가 카페로 들어왔다. 나는 책을 덮었고 석준이는 내 맞은편에 앉았다. 석준이는 읽고 있던 책이 뭐냐고 물었고 나는 자신의 세계를 너무 사랑한 나머지 다른 세계로 가버린 한 남자의 이야기라고 대답했다. 그리고 밖에서 자신의 세계를 지키고 싶었던 거야, 라고 덧붙였다. 석준이는 그래서 어떻게 되느냐고 물었고 나는 아직 끝을 모른다고 대답했다.

"내가 왜 널 기다렸는지 궁금하지?"

석준이는 고개를 저었다.

"아무래도 상관없어. 나도 너와 함께 있고 싶었으니까."

"나랑 함께 있고 싶었어?"

"그래."

우리는 함께 피식 웃었고 석준이는 커피를 한 잔 주문해서 마셨다. 그 애는 커피의 맛과 향 전부를 느끼고 즐기듯 아주 천천히 잔을 비운 후 자리에서 일어났다. 우리는 서로 인사하는 대신 마주 보고 미소를 지었다. 석준이는 카페를 나갔고 나는 책을 펼쳐 들어 나머지를 마저 읽었다.

요제프는 산장에서 맞이한 이튿날 아침, 함께 수영하자는 티토의 제안을 거절하지 않고 맑고 차가운 호수로 뛰어들었다. 그는 젊은 제자가 만들어준 모험에 기꺼이 뛰어들었지만 그것은 죽음으로 뛰어든 결과가 되고 말았다. 소년 티토는 명인 요제프가 자신의 뒤를 쫓아오지 않는다는 것을 깨닫고 공포를 느꼈다.

"……놀란 마음의 슬픔 속에서 자기가 이 사람을 얼마나 사랑하고 있었는가를 느꼈다. 아무리 항변해도 명인의 죽음에는 자기도 책임이 있음을 느끼는 동안에, 이 책임이 자기와 자기의 생활을 변화시켜, 지금까지 자기가 자신에게 요구하던 것보다 훨씬 위대한 것을 요구하리라는 예감에 휩싸여 그는 신성한 전율을 느꼈다."

이야기는 그렇게 끝이 났다. 요제프는 자신의 새로운 세계 한가운데서 숨을 거뒀고, 그가 변화시키고자 원했던 티토는 그의 삶과 죽음으로 인해 전혀 새로운 존재로 거듭나게 되었다. 요제프의 세계는 그렇게 이어지게 되었다. 세계 밖에서의 완성.

*

두 달 뒤였다. 석준이는 국도 변 버스 정류장에서 나를 무작정 기다리고 있었다. 저녁노을이 곱게 불타는 시간이어서 그 애는 자신의 긴 그림자를 밟고 있었다. 오랜만이네, 라고 말하자 석준이는 그래, 라면서 고개를 끄덕였다.

"학교 자퇴했다며?"

"내가 할 수 있는 일은 굳이 졸업장이 필요 없어서."

"네가 할 수 있는 일."이라고 나는 천천히 따라 했다.

"언젠가 네가 하고 싶은 일도 생길까?"

"언젠가."라고 석준이가 대답했다.

우리는 천천히 걸어서 동네 어귀의 냇가 다리에 다다랐다. 버드나무들이 바람에 흔들리며 검푸른 냇물에 어두운 그림자를 드리우고 있었다. 석준이는 걸음을 멈추고 난간에 기대 냇물이 흘러가는 모양을 물끄러미 바라보았다. 나는 나란히 서서 석준이의 옆얼굴을 차분히 응시했다. 언제 그 애를 또 이렇게 가까이 보게 될지 몰랐다.

"예전에, 너랑 소주가 산속으로 날 찾아왔을 때 말이야. 내가 그 인간을 죽일 거라고 했던 말, 혹시 기억해?"

나는 고개를 끄덕였다.

"그건 진심이었어. 산속에 바위 몇 개를 골라다 놓고 몇 년 동안 들었다 놨다 하면서 끈질기게 팔 힘도 길렀으니까. 실제로 그 인간이 곯아떨어졌을 때 목을 손으로 눌러본 적도 있었어. 팔 힘이 부족해서 잘 안 됐지만. 그때는 일석이를 죽이는 게 내 삶의 목적이었어. 난 저 인간을 반드시 죽일 것이다. 그렇기 때문에 살아가는 거라고 매일 다짐했지. 그런데 정작 그 인간이 여기서 뜬금없이 죽어버렸을 때, 나는 미칠 것만 같았어. 어쨌든 목표가 이뤄졌으니 해방감을 느꼈어야 했는데, 정작 내가 느낀 건 엄청난 상실감이었어. 일석이가 죽어버리자 나도 더 이상 살고 싶지 않았어. 내 앞에 남아 있는 삶이 너무 끔찍했고 도무지 어떻게 살아야 할지 알 수도 없었어. 왜냐하면, 내가 정말 바랐던 건 아버지의 죽음이 아니라 살아갈 힘이었기 때문이야. 난 그런 삶이라도, 그런 고통이라도 죽어버리는 것보다는 살아남아 겪는 게 나았던 거야. 결국 난 살고 싶었던 거였어. 그러니까."

석준이가 다리 위에 떨어져 있는 납작한 돌 몇 개를 주워 냇가로 던졌다. 멋진 물수제비가 만들어졌다.

"걱정할 것 없어. 한 가지 확실한 건, 난 앞으로도 아침이면 잠에서 깨어나 밥 먹고 일하고 쉬고 밤 되면 잠자고 하면서 살아갈 거니까."

나는 고개를 끄덕였다. 눈물이 흘러 턱 아래로 떨어졌다. 석준이가 나를 안아준 뒤 내 머리를 다정하게 쓰다듬어주었다.

"다른 세계로 간 남자 이야기, 끝까지 읽었어?"

목사관이 보이는 언덕 앞에서 석준이가 물었다.

"어떻게 됐어?"

"바라던 걸 이뤘어."

석준이는 만족스러운 표정을 지었다.

변하는 것, 변하지 않는 것

소주와 내가 고3 수험생이 되었을 때, 별다른 변화 없이 늘 조용하기만 했던 동네가 들썩이기 시작했다. 한 사학 재단에서 바람산 동편 자락과 그 뒤 평야 백만 평 정도를 매입해 종합대학을 세운다는 소문이 들려왔던 것이다. 이 말 저 말 번지며 웅성거리던 사람들의 속삭임이 급기야 사실로 이 일대에 파다하게 퍼졌을 때쯤, 나서기 좋아하고 목소리 큰 어른들 중심으로 마침내 주민 대표 위원회가 꾸려졌다.

그 무렵 일반외과 레지던트 1년차를 맞고 있던 윤이 바쁜 병원 일에도 불구하고 이전보다 자주 집으로 내려오게 되었다. 덩어리가 너무 커서 팔기도 버거울 것이라던 서 장로님네 땅 대부분이 매입 범위에 포함된 것이었다. 서울에서 '잘살고 있는' 윤의 형들은 그 어느 때보다 뻔질나게 드나들며 이 기회에 땅을 남김없이 처분해 나누자고 입을 모았다. 평생 농사지으며 묵묵히 서 장로님을 모시던 서현 권사님까지 동생들을 거들고 나서자 내심 땅 파는 것을 꺼려하던 서 장로님은 심기가 무척 불편해져서 결국은 몸져눕고 말았다. 교회나 목사관에서 만난 윤과 이런저런 얘기를 하다 보면 자연 편치 않은 집안일에 대해서도 이야기가 나왔다. 막내인 윤은 집안일에서 한발 물러서 있는 듯했지만 늙으신 아버지의 심기를 전혀 배려치 않는 형들의 냉정한 언사에 실망한 기색을 감추지 못했다. 윤은 서 장로님의 땅에 대한 애정을 권위주의적 가장으로서의 마지막 집착이라고 이해했다. 당신의 손에 땅이 있는 한 가장은 여전히 아버지 자신이라는 것이었다. 윤은 그것이 옳고 그른 것을 떠나 살날이 얼마 남지 않은 아버지의 날들이 당신께서 바라는 대로였으면 좋겠다고 했다.

"그냥, 이런 게 아닌데 싶은데도 상황이 이렇게 흘러가 버리네."

윤이 씁쓸하게 한 말이었다.

막연히 꿈꾸던 바람이 현실이 된 우연 앞에서 동네 사람들은 기쁨보단 불안을 느끼는 것 같았다. 그것은 간밤의 태풍으로 날아가 버린 비닐하우스의 잔재를 멍하니 바라보며 느끼는 당혹감과 비슷해 보였다. 행운이든 불행이든 자신의 의지와 상관없이 일어나는 모든 우연은, 우리의 삶 역시 무심하게 흘러갈 뿐일지도 모른다는 두려움과 닮아 있었다. 한치 앞을 내다볼 수 없는 미지의 삶을 살아가야 하는 우리들에게 무력감만큼 두려운 것이 어디 있을까. 잔인한 것은, 우리의 삶을 결정짓는 중요한 문제들이 종종 우연이나 자신의 힘으로는 어찌할 수 없는 한계 밖에서 일어난다는 것이었다. 그로 인한 현기증을 달래주는 게 바로 아빠의 역할이었다. 아빠는 대학 건립이 확정되자마자 이 모든 것이 다 하나님의 뜻이며 태초부터 미리 예비하신 복된 일이라 설교했지만 나는 그런 무심한 변화에 어떤 의미가 있다고 생각한다는 것 자체가 어리석게 느껴졌다.

원하든 원하지 않든 모든 것은 변하기 마련이었고, 시간이 사람 마음대로 가지 않는 것처럼 우리들의 삶도 뜻대로 되지 않는 일투성이였다. 석준이는 이 겨울을 넘기면 무슨 큰일이라도 생기는 것처럼 모든 일을 서둘러 마무리 짓느라 안간힘을 썼다. 인부를 불러 담과 대문을 세우고 광을 정리하고 몇 년은 족히 써도 남을 만큼의 나무를 해다 부지런히 쟁여놓고 지붕을 손보고 벽을 손질했다. 그리고 겨울방학이 시작되자 가방 하나를 꾸렸고 마치 소주네 집에서 산 적이 없었던 것처럼 자신의 모든 흔적을 가지고 떠나갔다.

한 시절이 지나가고 있었다.

*

나는 석준이가 떠나버린 소주네 집을 찾아가 초록색 철 대문을 생소한 기분으로 바라보았다. 지난가을 이 대문이 세워진 후에 몇 번 본 적이 있음에도 여전히 눈에 익지는 않았던 것이다. 제법 높게 둘러쳐진 담 위로는 시멘트가 굳기 전 박아둔 뾰족한 화살 모양의 철심이 열을 지어 있어서 아무나 가볍게 담을 넘기란 어려울 것 같았다. 초인종을 누르니 잠시 후에 소주가 대문을 열고 빼꼼 내다보았다. 울다 나왔는지 눈가가 붉게 부어올라 있었다.

"어서 들어와, 춥겠다."

나는 엉망이 된 소주의 얼굴을 보고 가볍게 한숨을 쉬었지만 곧 빙긋 웃어주었다. 소주도 같이 따라 웃었다. 집은 여전히 깨끗하고 단정하게 손질되어 있었다. 수돗가의 비누조차 바르게 놓여 있는 모양을 보면서 소주가 슬픈 와중에도 여전히 부지런하게 몸을 움직이고 있다는 것을 알았다.

소주는 나를 윗목으로 데려가 꺼내둔 담요를 무릎에 덮어주었다. 방은 뜨끈했지만 석준이의 자취가 싹 가신 작은 집은 적적하고 외로웠다. 이제 집을 나간 지 사흘째였는데, 사람이 나간 자리는 너무도 빠르게 드러났다.

"밤에 무섭지 않아?"

"난 원래 그런 무섬은 타지 않아. 그저…… 갑자기 혼자가 되니까 좀 허전할 뿐이야."

"……석준이 살 곳은 가본 거야?"

"이사하는 날. 방도 넓고 해도 잘 들어. 주인집 아줌마도 인상이 참 좋아 보이더라. 푸근하고. 전에 살던 학생이 쓰던 가구를 두고 나가는 바람에 기본적인 살림도 다 있어서 짐만 풀어놨어. 방에 조그만 욕실 겸 화장실도 붙어 있고, 간단히 취사할 수 있게 부엌 시설도 있고. 살기는 오히려 여기보다 편할 거란 생각이 들었어."

"혼자서 자취하는 건데, 여기만큼 편하지는 않을 거야."

우리는 묵묵히 앉아 덮고 있는 담요의 붉은 장미 문양을 멍하니 바라보았다.

나는 소주와 함께 저녁을 지어 먹고 나란히 잠자리에 누웠다. 소주가 집에 혼자 있게 된 걸 안쓰럽게 여긴 엄마는 썩 내켜하지 않으면서도 하룻밤 외박을 허락해줬다. 엄마는 이상한 데서 마음이 물렀는데, 석준이가 소주를 헌신짝 버리듯 내버린 거라고 분통을 터뜨리며 욕하더니 자기 멋대로 소주를 가엾어했다.

세찬 바람에 봉창이 덜컹거렸고, 외풍이 드세서 내놓은 콧잔등은 시큰했지만 방바닥은 절절 끓었다. 우리는 눈을 뜬 채 휑한 바람 소리에 귀를 기울이고 있었다.

"내 말대로 우리 집으로 와. 내 방에서 같이 지내자."

소주는 어둠 속에서 내 손을 찾아 다정하게 쥐었다.

"난 이 집에서 살 수 있는 날까지 살 거야. 여기가 내 집이고, 목사님이나 사모님께 폐 끼치긴 싫어."

"……석준이는 이제 여기 안 올 거야. 그러니까 기다리지 마."

"기다리는 게 아니라…… 그냥 석준이에게 돌아올 곳이 없다는 건 너무 잔인한 일이라는 생각이 들었어. 역시 기다리는 건가?"

"하지만 너도 대학을 들어가게 되면 어차피 이 집은 비게 될 거야. 네가 이 집에서 혼자 군불 때고 밥해 먹고 다닌다고 생각하면 가슴이 철렁 내려앉아."

"난 여기서 잘 살 거고 아무 해도 입지 않을 거야. 그건 내일이 오는 것처럼 아주 분명한 사실이니까 너도 두려워할 것 없어."

소주의 믿음은 소주의 인팔만큼이나 독특하고 개인적인 것이었다. 삶에서 부딪치는 무수한 일들 중 운명이 주는 것과 자신이 살아내는 것의 경계를 가를 수 없는 것처럼, 한 사람의 내면을 이루는 특징도 천상에서 주어진 것과 지상에서 만들어낸 그 경계 어디쯤에 있었다.

나는 소주의 품으로 파고들어 목덜미에 얼굴을 묻었다. 소주의 몸은 매우 부드럽고 풍만해서 내가 안기면 늘 푹 싸이는 느낌이 들었다. 소주가 내 머리를 부드럽게 쓰다듬어주었고, 나는 그대로 잠이 들었다.

*

나는 혹시라도 석준이를 시내에서 우연히 만나게 되면 어떤 말을 하고 어떤 표정을 지을까 수백 번 상상해보았었다. 하지만 그렇게 뜬금없이, 아무 마음의 준비도 하지 않았는데 만날 기회가 생길 줄은 전혀 예상치 못했다. 반 친구의 생일 초대를 받았는데, 그 장소가 하필 '가로수'였다. 내가 문 앞에서 선뜻 들어서지 못하고 머뭇거리자 얼른 들어가자며 아무것도 모르는 친구들이 왁자하게 떠들었다. 나는 마지못해 친구들과 함께 식당 안으로 들어갔다. 주말 저녁 시간이라 테이블이 거의 꽉 차 있었다.

"1층에 자리가 없나?"

친구 혜영이가 홀을 둘러보며 말하고 있는데 지배인이 다가왔다.

"어서 오십시오. 다섯 분이신가요?"

"네. 1층에 자리가 없나요?"

혜영이의 물음에 지배인은 막 주방에서 나오고 있는 직원을 불렀다.

"네, 죄송합니다. 2층으로 가시지요. 박 군, 이분들 좀 안내해드려."

석준이였다. 늘 교복 아니면 청바지 차림의 그 애만 보다 흰 와이셔츠에 검은 정장 바지를 입고 있는 모습을 보니 석준이 혼자서만 갑자기 어른이 돼버린 것 같은 생소한 느낌이 들었다. 석준이는 나와 눈이 마주쳐도 별다른 표정의 변화가 없었다.

석준이가 앞장서 안내해주었고 우리는 그 뒤를 따라갔다. 석준이는 창가 자리로 안내하더니 일일이 의자를 빼주며 앉는 것을 도와주었다. 그 품새며 동작이 몹시 자연스러워서 나는 실망감을 느껴야 했다. 석준이는 나와 소주와는 아무 상관 없이 잘 살고 있었다. 석준이가 우리들 앞에 메뉴판을 놓아주었다. 여자아이들 다섯 명이 떠들썩하게 메뉴를 고를 동안 석준이는 묵묵하게 서서 기다렸다.

"뭐 먹을래?"

"글쎄. 난 음…… 함박스테이크. 이거 괜찮나요?"

친구 한 명이 석준이에게 물었다.

"아주 맛있어요."

나는 메뉴판을 뒤적거리다 내려놓았다.

"스파게티 맛있니?"

석준이가 날 힐끗 보았다.

"오늘 돼지고기가 유난히 좋아. 돈가스 좋아하면 그것도 괜찮을 거야. 소스도 아주 잘됐고."

"그럼 그걸로 할게."

"어머! 서로 아는 사이니?"

혜영이가 소리쳤다. 친구들이 모두 호기심 어린 눈길로 석준이를 훑어봤다. 나는 석준이가 불편해할까 봐 조바심이 났지만 뜻밖에도 석준이는 아무렇지 않게 동네 친구라고 대답했다. 석준이의 그런 태도가 날 또다시 실망시켰다. 왠지 나랑은 정말 아무 사이도 아닌 것만 같이 느껴졌다. 석준이가 주문을 모두 받고 테이블을 떠난 뒤에도 친구들은 내게 석준이에 대해 캐묻지 않았다. 그만큼 석준이의 태도는 냉정하고 거리감이 느껴졌다. 잠시 후에 석준이가 음식을 가져와서 내려놓았고 맛있게 먹으라고 인사한 후 곧 다른 테이블로 가버렸다. 이제 2층도 서서히 사람들로 채워져가고 있어서 석준이는 보기에도 매우 바쁘게 움직이고 있었다. 나는 가끔씩 2층에 올라와서 주문을 받거나 요리를 가져다주거나 접시를 치우거나 하는 석준이에게 온통 신경이 쏠려 있어서 친구들의 수다가 하나도 귀에 들어오지 않았다.

혜영이가 계산을 치르는 동안 나는 친구들과 약간 떨어져서 홀을 둘러보고 있었다. 그때 석준이가 2층에서 내려오다 내 쪽을 보았고 잠시 망설이다 곁으로 다가왔다.

"잠깐 얘기 좀 하자."

눈치 빠른 혜영이가 우릴 보더니 친구들과 함께 먼저 나가 있겠다고 했다. 나는 고개를 끄덕인 후 석준이와 함께 구석 쪽으로 자리를 옮겼다.

"이제 주방 일은 안 하는 거야?"

"같이 해. 주말이면 손님이 많으니까 홀도 뛰는 거야."

"그렇구나."

"……나 내일 쉬는 날이야. 좀 만날 수 있을까?"

가슴이 두근거렸다.

"내일 오전 예배 끝나고 나면 시간 돼."

석준이는 천천히 고개를 끄덕였고 어디서 만나고 싶으냐고 물었다.

"너 사는 집 가보고 싶어. 그래도 될까?"

석준이는 카운터 쪽으로 가서 종이에 무언가를 적더니 건네주었다.

"못 찾겠으면 전화해. 내가 마중 나갈 테니까."

나는 약도와 전화번호가 적힌 종이를 받아 주머니에 집어넣고 식당을 나왔다. 기다리고 있던 친구들은 빨리 사실대로 불라며 난리였다. 내숭처럼 보일 수밖에 없겠지만, 난 별거 아니라고 시치미를 잡아뗐다. 뭔가 흥미진진한 연애담을 기대한 친구들의 얼굴에 실망감이 스쳤다. 하지만 석준이에 대해 친구들과 장난처럼 이야기하고 싶지 않았다. 주머니에서 만져지는 종잇조각은 석준이가 처음으로 내밀어 준 손이었다. 설령 그것이 아무 의미 없는 것이라 해도 나는 행복했다.

다음 날 교회에서 소주의 얼굴을 보며 이 이야기를 할 것인지 여러 번 고민했다. 소주 역시 석준이가 몹시 보고 싶을 테고 함께 찾아가자고 하면 틀림없이 기뻐할 것이었다. 하지만 입술을 몇 번 달싹거리면서도 나는 끝내 아무 말도 하지 않았다. 석준이와 단둘이서만 만나고 싶은 마음이 너무 컸다.

예배를 마친 뒤 집으로 돌아가 정성껏 머리를 빗고 이 옷 저 옷 끄집어내 몸에 대보며 무얼 입고 갈지 고민하다 어렵게 결정하고 옷을 갈아입었다. 얼마 전에 엄마가 사다 준 녹색 체크무늬 플리츠 스커트에 브이넥으로 파진 연둣빛 니트를 입은 후 잠시 망설이다

향수를 살짝 뿌렸다. 거울을 보며 난생처음으로 좀 더 예뻤으면 좋겠다는 생각을 했다.

석준이가 자취하고 있는 집은 찾기 수월한 편이었다. Y고 근처에는 집이 그리 많지 않았고 길도 복잡하지 않았다. 대문 옆에 붙어 있는 벨을 누르자 기다리고 있었는지 곧 석준이가 나와 문을 열어주었다. 집 안이 이상할 정도로 조용해서 묻듯이 쳐다보니 주인집 식구들이 모두 외출했다면서 자신의 방으로 안내했다. 석준이의 방은 소주 말처럼 해도 잘 들고 널찍했다. 하지만 작은 옷장 하나와 책상이 살림의 전부인 그곳은 깔끔하긴 했지만 사람 사는 냄새가 거의 나지 않을 만큼 건조하고 살풍경했다. 나는 가지고 온 종이가방을 석준이에게 건네주었다.

"이게 뭐야?"

"냉장고가 없다고 해서 많이 못 가져왔어. 밑반찬이니까 끼니 거르지 말고 챙겨 먹어."

석준이는 종이가방을 방 옆에 붙어 있는 부엌으로 가지고 갔고 잠시 후에 커피를 두 잔 타서 가져왔다. 우리는 말없이 커피를 마시며 한동안 그대로 앉아 있었다. 석준이가 커피 잔을 내려놓으며 입을 열었다.

"소주는 잘 있지?"

"응. 너도 소식은 들어 알잖아. 마을의 땅들이 대부분 좋은 값으로 팔릴 모양이야. 소주에겐 정말 다행스런 일이지. 앞으로 학비며 생활비 걱정은 안 해도 되겠더라."

"너는?"

"나는…… 동네가 달라지는 게 싫어. 과수원도 없어지고, 나무들도 뽑힐 거고, 산도 깎는다고 하더라. 그렇게 아름다운 곳이 한순간에 없어진다니, 너무 이상한 기분이야."

"그 동네가 아름다워?"

석준이가 이상하다는 듯 되물었다.

"너는 그곳이 달라지는 게 좋은 거야?"

"아무래도 상관없어, 이제는. 나하고 아무 상관도 없는 곳이야."

"그렇지 않아. 거기엔 소주가 있잖아. 소주가 있는 한 거기가 네 집이야."

석준이는 입을 다물고 아무 대답도 하지 않았다.

"나한테 하고 싶은 말 있는 거 아니야?"

석준이는 대답 대신 내 얼굴만 골똘히 바라보았다.

"내가 보고 싶었어?"

나는 장난처럼 웃으며 물었다.

"그래. 매일."

"……정말?"

"정말."

"그럼 네 곁에 있어도 되는 거야?"

"네가 그것으로 만족할까?"

"그럼."

"……정말?"

"정말."이라고 대답하며 나는 석준이의 손을 잡았다.

"날 안아도 괜찮아."

석준이의 얼굴이 긴장으로 굳어졌다.

"내가 누군가와 처음으로 섹스를 하게 된다면 그게 너였으면 좋겠어."

"넌 참 이상한 애야. 용감한 거니, 아니면 바보인 거니?"

석준이가 한 손을 들어 올려 내 머리를 가만히 쓰다듬으며 물었다. 나는 말없이 웃어주었다.

어느 일요일

“와! 오늘 목사님 설교 진짜 좋더라. 뭔지는 잘 모르겠지만 말이야. 정말 좋아. 몸이 붕 뜨는 것 같은 게, 아주 시원한 나무 그늘 아래서 한잠 자고 난 느낌이야.”

소주가 동그란 눈을 크게 뜨면서 나를 가만히 들여다보았다.

기말고사가 얼마 남지 않은 초여름이었고 모처럼 들은 아빠의 꽤 괜찮은 설교에 나 역시 기분이 좋았다. 날이 더워지기 시작하면 나이 지긋한 교인들은 모두 꾸벅꾸벅 졸기 마련이었는데, 서 장로님의 고개가 깜빡 떨어질 때마다 햇살에 반짝이는 흰 수염조차 평안해 보였다. 오전 예배가 끝난 후 있는 성가대 연습에서도 그런 기분은 이어졌다. 따사로운 햇살이 창으로 쏟아져 들어오고 있었고, 소주의 가늘고 높은 소프라노는 그런 날씨와 아주 잘 어울렸다. 고요하면서도 부드러운 그런 오후를 느낄 날도 사실 얼마 남지 않았다. 땅을 판 교인들 대부분이 올가을 추수가 끝나면 서서히 이사를 나가기 시작할 것이므로 교회 역시 어떤 변화가 불가피했던 것이다.

"오늘 성가대원들 점심 서 장로님 댁에서 낸다고 하던데, 갈 거야?"

나는 고개를 가로저었다.

"어제 너무 늦게 잤거든. 피곤해서 밥이고 뭐고 아무 생각도 없어. 집에 가서 간단하게 때우고 한잠 잘래. 너는?"

"그래? 나도 오후에 볼일이 좀 있어. 집에 가봐야 할 것 같아."

"무슨 볼일인데?"

교회를 나오면서 소주에게 묻자 소주는 우물쭈물하며 얼버무렸다.

"어, 음, 그냥. 너 많이 피곤한 거야?"

"어휴, 말도 마. 어제 밀린 공부 하느라 서너 시간밖에 못 잤어. 아무래도 힘에 부친다. 공부가 자꾸 밀리게 돼. 얼마 안 남았으니까 정신 바짝 차려야 되는데."

"그렇구나."라고 대꾸하며 소주는 골똘히 생각에 잠겼다. 목사관 마당이 보이자 내가 재빨리 말했다.

"많이 바쁜 거 아니면 우리 집에서 점심 간단하게 먹고 가라. 응?"

소주가 망설이는 눈치를 보이기에 나는 얼른 덧붙였다.

"엄마 아빠 모두 서 장로님 댁에 가 있을 거야."

언젠가부터 소주는 목사관에 찾아오는 것을 그만두었고 나 역시 부모님이 집을 비울 때만 소주를 불렀다. 친구 하나 마음 편하게 해 주지 못하는 자신이 무척 초라하게 느껴졌지만 어쩔 도리가 없었다. 어서 어른이 되어서 정말 자유롭게 숨 쉴 수 있는 공간이 생기길 간절히 바라고 있었고, 그런 마음이 강할수록 나는 더욱더 공부와 그림에 매달렸다. 학교는 시키는 대로만 열심히 하면 안 인격체로 대우받을 수 있게 될 것이라 되풀이해 말했고, 나는 열성 신도처럼 그 말에 의지했다.

소주와 함께 목사관으로 들어와 아늑한 주방에서 함께 라면을 끓여 먹었다. 냄비째 놓고 젓가락으로 같이 떠먹으며 후루룩거리다 보니 라면도 꽤 맛있게 느껴졌다. 냄비를 비우고 내가 설거지를 하는 동안 소주는 커피를 탔다. 우리는 향긋한 커피를 마시며 햇살이 비치는 식탁에 앉아 창밖으로 보이는 감나무를 한가로이 바라보았다.

"날이 정말 좋다. 구름 한 점 없지?"

내가 입을 열자 소주가 한숨을 쉬었다.

"너무 가물어서 큰일이야. 오늘내일 사이로 비 온다는 일기예보가 있었는데, 또 틀렸나 봐. 논바닥이 다 갈라지게 생겼다고 걱정들이더라."

"그러게. 올해는 유난히 비가 적다. 그런데 이러면 과일이 달지 않니?"

"그렇긴 해도 소출이 떨어지니까. 우리 과수원 복숭아도 작년보다 수확이 덜 된 모양이야."

"그렇구나. 그나마도 올해가 마지막 수확이지?"

"응. 대학 결정되는 대로 그 근처에 방을 얻을까 해."

"집은 어떡할 거야?"

"가끔 들여다보면서 청소도 하고 그럴래. 거긴 내 집인걸."

소주는 아직도 석준이를 기다리고 있는 것이 분명했다. 아니면 그 애와의 추억이 담긴 집을 차마 어쩌지 못하는 건지도 몰랐다.

"석준이는 공부는 완전히 포기한 모양이야. 지난번에 만났을 때 학비 걱정 말라고 했더니 자기는 돈이 있고 없고를 떠나 더 공부할 생각이 없다고 하더라. 지금 이대로가 만족스럽대. 난 도저히 이해할 수가 없어. 어떻게 그렇게 사는 게 만족스러울 수 있겠어?"

소주가 석준이 얘기를 꺼내는 것은 정말 오랜만이었다. 석준이의 생활은 이제 나나 소주와는 너무도 달라져 있었고, 공유하는 생활이 없다 보니 함께 나눌 이야기도 없었다.

소주를 배웅하고 나서 나는 침대에 몸을 뉘었다. 석준이의 이름을 듣는 것 자체가 고통스러웠다. 석준이는 그날 이후 몇 번 나를 찾아왔었다. 그리고 석준이가 찾아올 때마다 서서히 그 애가 멀어져가고 있다는 것을 깨달았다. 석준이의 모든 것이 눈앞에서 천천히 닫혀가는 것을 지켜봐야 했던 것이다. 석준이는 내게 보조를 맞추며 걸었으나 이전에 빠른 걸음으로 나를 지치게 했을 때와 같은 기분이 들게 했고, 내게 시선을 맞추고 내 이야기에 귀를 기울였으나 입을 다물고 침묵을 지키는 것과 같은 무거운 공기가 항상 떠돌았다.

우리는 함께 나눌 이야기가 아무것도 없었다. 진학에 대한 고민도, 공부로 쌓이는 스트레스도, 가족에게 받는 마음의 상처도, 미래에 대한 꿈도, 현실에 대한 불만족도, 하다못해 같이 관심을 가지고 있는 책도 없었고 소주에 대한 안부가 오가고 나면 꿀 먹은 벙어리들처럼 입을 다물고 하염없이 커피 잔을 만지작거리거나 했다. 석준이의 생활은 수도자의 엄격한 금욕 생활과 비슷한 것 같았다. 아무리 단조로운 생활이라도 내게 이야기해줄 소소한 사건 정도는 있을 법도 했지만 석준이는 자신의 일상에 무언가 들을 만한 거리가 있다고는 전혀 생각지 않는 것 같았다.

나는 한숨을 쉬며 몸을 뒤척거리다 곧 잠이 들었다.

무언가 뒤숭숭한 기분으로 잠에서 깨어났다. 밖이 무척 번잡스러운 느낌이 들었기 때문에 괜히 불안해져서 벽에 달린 시계를 쳐다보았다. 오후 4시가 넘어가고 있었다. 거의 두 시간을 잤다는 걸 깨닫고 깜짝 놀라 자리에서 일어났다. 날이 흐린지 잠들기 전까지만 해도 화사했던 방 안이 침침해져 있었고 낮잠을 자고 일어나면 늘 그렇듯 머리가 무겁고 온몸이 나른했다. 나는 거실에서 들려오는 두런두런 말소리에 귀를 기울였다. 생소한 여러 사람의 목소리가 부모님 목소리에 섞여 들렸으므로 손님이 찾아온 건가 싶어 곧 신경을 거두었다. 나는 거울을 보며 손가락으로 머리카락을 대충 빗어 내린 뒤 목이 말라 밖으로 나갔다. 거실에서는 아빠와 몇 명의 교인들이 심각한 표정으로 이야기를 나누고 있었다.

"일어났니? 혹시 모르니까 간단하게 짐을 좀 챙겨라."

아빠의 말에 나는 영문을 몰라 어리둥절한 표정으로 쳐다봤다.

"바람산에 불이 났다. 여기는 안전할 거라고 하지만 또 모르는 일이잖니? 지금 네 엄마도 짐을 챙기고 있어. 지금은 소강상태인 모양이다만, 어찌될지 아직 몰라."

나는 아빠가 한 말의 의미를 뒤늦게야 깨닫고 얼굴이 하얗게 질렸다.

"소주는요? 소주네 집은 산자락 끝에 붙어 있어요!"

"걱정 마라. 산에 인접한 곳에 살고 있는 주민들은 이미 다 대피시켰다는구나. 누가 다쳤다는 소린 아직 없단다. 지금 이곳에 몰려든 소방차만 서른 대가 넘는다. 그렇게 요란하게 사이렌을 울렸는데, 넌 어째 깨지도 않고 잘 자더구나."

아빠는 다시 교인들에게 고개를 돌리고 말을 이었다.

"대책 본부를 그럼 면사무소에 설치한 모양이네요? 화재 진압이 길어지면 목사관도 개방해야 하는 거 아닙니까?"

"소방대원들한테 간단한 음식이라도 제공하는 게 도리겠죠. 아무래도 바람산과 가장 가까이 붙어 있는 게 우리 동네다 보니 현장본부는 우리 동네에 둘 건가 보더군요. 일을 거들어야 하니 여신도들을 그쪽으로 보내는 게 좋을 것 같습니다. 이대로 불이 잡혀야 할텐데 말이지요."

나는 밖으로 뛰쳐나갔다. 잔뜩 흐리긴 했지만 바람은 그다지 거세지 않았다. 괜찮을 거야. 소주는 안전하게 피해 있을 거라고 생각하면서도 소주네 집 쪽을 향해 떼이기기 시작했다. 인딕을 내려가서 집 뒤로 돌자마자 바람산에서 뿜어져 나오는 거대한 연기 기둥과 맞닥뜨렸다. 산은 마치 크게 화난 일이라도 있는 것처럼 허연 연기를 증기처럼 뿜어내고 있었고, 대기는 나무와 풀 들이 타는 매캐한 냄새로 가득했다. 길목 곳곳에 세워져 있는 소방차들이 눈에 띄었고, 동네 사람들이 모두 뛰어나와 불구경을 하거나 불안한 표정으로 이야기를 나누고 있는 모습이 보였다. 소주네 집 쪽에 가까워지면 가까워질수록 불안한 마음이 더욱 커져갔다.

산자락 근처는 아수라장이었다. 산 초입의 불은 이미 진압되었는지 풀들이 하얗게 타고 남은 재들과 까맣게 탄 채 그대로 서 있는 나무들의 처참한 모습이 눈에 들어왔다. 그 앞으로 소방차 몇 대가 서 있는 것이 보였고 수십 명의 소방관과 군인 들이 등짐펌프를 멘 채 삼삼오오 모여 심각한 표정으로 의논을 하기도 하고 분주히 오가며 무언가를 큰 소리로 지시하고 있었다. 마을의 청년들이나 힘깨나 쓴다는 아저씨들도 거의 다 모여 있는 것 같았다. 그들은 저마다 손에 곡괭이나 갈퀴를 들고서 책임자인 듯한 사람의 말에 귀를 기울이고 있었다.

"자, 제 말 잘 들으셨죠? 여러분은 지금부터 저희 소방관들이 화재를 진압한 곳의 잔불을 끄시는 겁니다. 특히 두껍게 쌓인 낙엽 속 같은 곳을 잘 뒤지셔야 합니다. 불씨가 하나라도 남아 있으면 곧 삽시간에 다시 번지게 되니까 명심하시고요, 꼭 두 명이 함께 다니십시오. 절대로 소방관들이 만든 방화선보다 앞서 나가시면 안 됩니다!"

나는 그중에 아는 얼굴이 보이자 무턱대고 뛰어나가 붙잡았다.

"김 집사님! 혹시 소주 보셨어요?"

"어! 명지구나. 아니, 못 봤는데?"

"대피했다는 사람들은 다 어디로 갔어요?"

"일단은 산에서 좀 떨어져 있는 집으로들 갔지. 마을회관으로 간 사람들도 있고. 목사님도 준비하시라고 해라. 혹시 마을 주민들 다 대피해야 할지도 몰라."

"불은 아직 못 끈 건가요?"

"끄긴. 좀 전까지만 해도 보통 바람이 불었던 게 아니다. 삽시간에 타올라 연기가 얼마나 많이 났던지. 이 일대가 난리도 아니었어. 지금은 그나마 바람이 잦아들어 천만다행이다. 산 중턱께까지 불이 번진 모양인데, 소방대원들이 방화선을 구축하고 있단다. 거기서 더 이상 번지지만 않으면 괜찮을 텐데 말이야. 적어도 논에 있는 벼들은 건져야 하지 않겠냐. 근데 날씨가 이렇게 요상해서야. 빨리 비가 쏟아져야 할 텐데."

나는 김 집사님의 말을 흘려들으며 소주네 집을 향해 다시 뛰어갔다. 멀리 보이는 초록 대문에 한순간 안심이 되었지만 곧 그 모습을 드러낸 집을 보며 그 자리에 우뚝 멈춰 서고 말았다. 소주네 초가집은 완전히 불타 새카만 한 덩어리 재로 변해 있었다. 활짝 열린 대문은 바람에 끼이 소리를 내며 기괴하게 흔들거렸고, 새로 친 시멘트 담은 새카맣게 그을린 채 지킬 것 없는 마당을 둘러싸고 있었다. 나는 숨이 막히는 기분으로 마당 안으로 들어갔다. 뻥 뚫려버린 마루 위로 무너져 내린 대들보와 서까래의 잔해가 보였고, 소주가 그렇게 쓸고 닦던 정갈한 오두막은 그 어디에서도 찾아볼 수 없었다.

나는 정신없이 밖으로 나왔다. 소방관들이 모여 있는 곳으로 뛰어가 다짜고짜 아무나 붙잡고 떨리는 목소리로 물어보았다.

"아저씨, 저기 초가집이요, 초록 대문 있는. 거기에 누구 사람 없었어요?"

그는 고개를 갸웃하더니 다른 소방관들을 향해 소리 질렀다.

"어이! 저기 초가집 화재 진압한 대원 거기 있나?"

한 소방관이 앞으로 나오면서 말했다.

"왜 그래요? 거기는 이미 불 꺼진 곳인데."

"아저씨, 그 집 안에 혹시 사람 없었어요?"

내가 떨리는 목소리로 물어보자 그가 고개를 가로저었다.

"아직 인명 피해는 없다. 다친 사람도 없고. 그냥 빈집이었어."

나는 고맙다고 인사한 뒤 마을 쪽으로 달려가기 시작했다. 벌써부터 온몸에서 역한 화독내가 났고 매캐한 연기 냄새를 맡다 보니 코의 감각도 사라지는 것 같았다. 소주가 왜 목사관으로 오지 않았을까 의아해하며 나는 우선 마을회관부터 들러보았다. 낯익은 몇몇 마을 사람들이 급하게 챙긴 듯한 짐 보따리를 옆에 내려놓은 채 마치 피난민처럼 쪼그리고 앉아 마을 여자들이 건네주는 커피며 물을 마시면서 불안한 표정으로 이야기를 나누고 있었다. 나는 그곳을 황급히 둘러보다 아는 얼굴을 보고 그쪽으로 다가가 물어보았다.

"저기, 아주머니. 혹시 소주 못 보셨어요?"

"소주? 아니, 못 봤는데. 어디 잘 피해 있겠지. 아이고, 이게 무슨 날벼락이냐? 불이 논에라도 번져봐. 수확도 못 하고 이게 무슨 일이야. 소주네 집은 홀라당 다 탄 모양이더구먼, 세간도 못 꺼낸 거지?"

나는 마을회관을 나와 소주의 동네 친구들을 떠올려보았다. 초등학교 때 제법 친하게 지냈던 애들도 학교가 갈리면서 좀체 만나지 못했고 그러면서 사이가 뜨막해지긴 모두 마찬가지여서 목사관으로도 오지 않은 소주가 그 애들 집으로 갔다고는 생각하기 어려웠다. 망설이던 나는 일단 마음을 진정시키기 위해 숨을 몰아쉬었다. 소주는 오늘 오후에 볼일이 있다고 했어. 분명히 시내에 갔을 거야. 만일 시내에 간 게 아니라 산에라도 간 거면 어떻게 하지. 물어볼걸. 무슨 일이냐고 물어볼걸. 몸이 마구 떨리면서 불안한 마음에 눈물이 흘러내렸다.

나는 소주와 친하게 지냈던 애들 집을 모조리 찾아가 보았다. 모두 화재 진압 현장에 가 있거나 아니면 대문 밖에 나와 있어서 비어 있는 집이 많았다. 점점 더 불안으로 조여오는 가슴을 안고 들른 마지막 집에서도 소주의 모습을 찾지 못하자 다리에 힘이 쭉 빠지는 것이 느껴졌다.

나는 잠시 어떻게 할지 망설이다 냇가 앞 버스 정류장에서 소주를 기다려야겠다는 생각이 들었다. 나는 소란스러운 마을을 가로질러 냇가로 뛰어갔다. 냇가 다리를 건너자마자 택시 한 대가 들어와 그 자리에 멈춰 서는 게 보였다. 곧 문이 열리고 한 사람이 내렸다. 석준이였다.

나는 석준이를 보자마자 달려가서 품에 안기며 울음을 터뜨렸다. 석준이가 내 머리를 쓰다듬으며 진정시켜주기 위해 애썼다.

"어, 어떻게?"

"시내도 난리야. 소주는?"

석준이가 다급하게 물었다.

"아무 데도 없어. 혹시 시내에 나갔나 하고 마중하러 나온 거야."

석준이가 눈을 감았다 뜨며 이를 악물었다.

"오늘, 소주는 산에 가야 하는 날이야. 아직 산에 있어."

석준이의 말에 갑자기 어떤 생각이 번쩍 떠올랐다. 소주가 과일과 술을 싸 들고 찾아와서 석준이와 함께 아버지의 묏자리에 가자고 했던 게 오늘같이 맑은 초여름 어느 날이었다. 내가 왜 그 사실을 까맣게 잊어버리고 있었는지 몰랐다.

"같이 갔어야 해. 난…… 왜 소주한테 그런 것조차 해주질 못하는 걸까."

석준이가 혼잣말을 하듯 안타깝게 중얼거렸다.

"결국 이렇게 되고 말았어. 다 내 잘못이야. 난 어딘가가 잘못됐어."

"그런 소리 마."

나는 눈물을 닦으면서 말했다.

"사람들에게 얼른 알리자."

"내가 가야 해. 거긴 나밖에는 몰라."

석준이가 침통한 목소리로 말했다.

나는 이성적으로 생각하려고 애썼다.

"안 돼. 전문 소방대원이 구출하는 게 맞아. 위치를 자세히 설명해주면……."

"그럴 시간 없어. 조금 있으면 해가 질 거야. 이 산은 누구보다 내가 잘 알아. 소주가 만일 거기 없다면 어디로 피해 있을지를 짐작

할 수 있는 것도 나뿐이야. 소주와 나는 산에 대해 훤히 알고 있지만 소방대원은 아무것도 몰라. 소주를 살리고 싶다면 내가 들어가야 해."

"하지만 산에 들어가는 건 불가능해. 산자락에 소방대원들이 진을 치고 있는 데다 불이 산 중턱까지 번지고 있는 상황이야. 아무 장비도 없이 맨몸으로 들어가는 건 자살행위야."

석준이는 고개를 들어 연기가 피어오르고 있는 동편 산을 가늠해보았다.

"일단 들어가 봐야 상황을 알겠지만 서편 능선을 타고 돌아 들어갈래."

"나도 같이 가."

내가 말했다.

"나도 무언가 도움이 될 거야. 혼자보다는 둘이 낫잖아. 나도 같이 가."

"네 체력으로는 오히려 짐만 될 뿐이야. 나더러 설마 여자 둘을 업고 나오라는 소리는 아니겠지? 넌 동네에서 기다리고 있어."

석준이가 냉정하게 말했다.

"절대 혼자 보내지 않을 거야."

내가 소리 질렀다.

"만일 끝까지 혼자 가겠다면 당장 지휘 본부에 가서 다 털어놓을 거야!"

석준이는 약간 놀란 기색으로 날 쳐다보다 어이없다는 듯 피식 하고 웃었다.

"일단 산자락 근처로 같이 가자. 가서 상황을 좀 보고."

우리는 빠른 걸음으로 소란한 마을을 지나쳐 서편 산자락을 향해 갔다. 이상했다. 분명히 아까까지만 해도 마을 안쪽엔 연기가 없었는데 지금은 온통 시커먼 연기가 자욱하게 뿜어져 나와 제대로 눈을 뜰 수조차 없었다. 마을 사람들은 각자 보따리를 챙겨 들고 밖으로 뛰쳐나왔고, 집에서 기르던 소와 염소, 닭 들을 몰고 나오는 사람들도 있었다. 마을 사람들과 가축들로 뒤엉켜 어수선한 가운데 확성기를 통해 동네 방송이 흘러나왔다.

"현장 지휘 본부에서 알려드립니다. 주민 여러분은 지금 신속히 집에서 나오셔서 동네 밖으로 대피해주시기 바랍니다. 다시 한 번 알려드립니다. 주민 여러분은 지금 신속히 집에서 나오셔서 동네 밖으로 대피해주시기 바랍니다."

요란한 사이렌 소리가 확성기를 통해 동네 곳곳으로 울려 퍼졌다. 어떤 아저씨는 선풍기 두 대를 양팔에 낀 채 우왕좌왕하고 있었고, 어떤 아주머니가 머리에 진 보따리엔 베개가 비죽 비어져 나와 있었다. 사람들은 폭발 위험이 있는 LPG통은 물론이고, 세간을 하나라도 더 건지기 위해 무겁기 짝이 없는 냉장고나 장롱 같은 것도 들어내려고 끙끙거리고 있어 소란스러운 와중에도 희극적인 느낌이 들었다. 길목 곳곳에는 소방대원들이 서서 짐을 꾸려 나오는 마을 사람들을 도와주고 있었다. 나는 공포로 몸이 떨려오는 것을 느끼며 석준이를 쳐다보았다. 바람에 펄럭이는 머리 아래로 날카로운 눈을 가늘게 뜨면서 석준이가 말했다.

"강바람이야!"

세찬 바람이 불어오고 있었다. 나는 바람 때문에 이리저리 마구 휘몰아쳐대는 연기들 사이로 내 머리카락도 같이 나부끼고 있다는 것을 깨달았다. 돌풍에 휘말린 연기는 소용돌이를 그리며 서서히 다가오다 갑자기 번지며 온몸을 덮쳤다. 산에서 뿜어져 나오는 연기는 아까보다 훨씬 더 거세져서 연기만으로도 충분히 산 안에서 불타오르고 있을 화염이 짐작 갔다. 소강상태였던 산불이 강풍을 타고 다시 급속도로 일어나고 있었다.

우리는 마을을 우회해서 옆 마을과의 경계에 있는 서편 저수지 쪽으로 달려갔다. 그곳에도 이미 급수차와 소방차들이 대기하고 있었지만, 아직 불길이 번지지 않은 서편 능선은 마치 폭풍 전야처럼 고요했다.

"바람이 서편에서 동편으로 불고 있어. 바람 방향만 바뀌지 않는다면 들어간 길로 다시 되짚어 나올 수 있을 거야."

석준이가 달려가면서 말했다.

비교적 경사가 완만한 산자락에 도착했을 때 나는 시계를 확인했다. 오후 6시였다. 군데군데 진을 치고 있는 소방대원들의 눈에 띄지 않게 저수지를 돌아오느라 너무 긴장한 탓인지 막상 산자락에 다다르자 기운이 다 빠지는 것 같았다. 이미 하늘엔 먹구름이 낮게 깔려 있었고 우중충한 날씨는 곧 비를 내릴 것 같았지만 강바람만 불어올 뿐 애타게 기다리는 빗방울은 떨어질 줄 몰랐다. 내가 먼 산주름을 보며 산의 방향을 가늠하는 사이 석준이는 저수지 쪽으로 가더니 몸을 물에 완전히 담갔다 저벅저벅 걸어 나왔다. 온몸에서 물을 뚝뚝 흘리며 석준이가 말했다.

"갔다 올게."

나는 다급하게 손을 뻗어 석준이의 손을 꼭 움켜잡았다.

"같이 가자."

"나 혼자서도 충분해."

"그건 만용이야. 지금 산 안이 어떤 상황일지 너도 모르고 나도 몰라. 같이 들어가면 살아 돌아올 확률이 높아질 거야. 제발."

석준이는 잠깐 동안 내 눈을 다정하게 바라보았다. 석준이의 눈에 떠오른 허락의 뜻을 읽고 나는 저수지로 가 석준이처럼 물에 몸을 적셨다. 석준이는 손을 내밀어 내 손을 단단하게 붙잡았다.

"내 손 절대 놓지 마."

나는 고개를 끄덕였다. 석준이는 몸을 돌려 잽싸게 경사를 올라갔고 우리는 곧 울창한 나무들 사이로 사라졌다.

나는 자신의 초라한 체력을 절실히 느끼며 석준이의 뒤를 숨 가쁘게 쫓아가고 있었다. 내 손을 꼭 붙잡은 채 앞에서 뛰어가는 석준이의 몸놀림은 마치 산노루처럼 잽싸면서도 부드러웠다. 석준이는 자신이 옳은 방향으로 가는 게 맞는지 잠시 걸음을 멈추고 주위를 둘러보며 방향을 가늠했고 그러다가 약간씩 방향을 수정해서 다시 달려가기 시작했다. 우리는 길도 없는 수풀을 헤치고 나무들 사이를 비켜가며 달렸다. 나는 방향감각을 상실한 채 그저 석준이의 뒤만 쫓아갔다.

갑자기 천지가 진동을 하는 듯한 굉음이 들려왔고 지축이 떨려오더니 하늘 위로 헬기가 세 대 지나갔다. 불을 진화하기 위해 출동한 모양이었다.

“어디까지 불이 번졌나 모르겠어. 여긴 아직 연기도 나지 않잖아?”

내가 헐떡거리며 묻자 석준이가 생각에 잠기며 대답했다.

“내 생각엔 곧 화재 지역으로 들어설 것 같아. 불이 심하지 않은 곳으로 피해가며 가야 하니까 생각보다 시간이 더 걸릴지도 모르겠어.”

“소주가 어디 있는지 알 것 같아?”

“내 생각이 맞다면 그 애가 있을 곳은 딱 한 군데밖에 없어.”

석준이가 빠르게 뛰어가면서 설명해준 바에 따르면 소주 아버지를 묻은 곳은 동편 과수원 터에서 대각선으로 위치해 있고, 소주가 빠져나오지 못했다는 것은 그 주위를 불길이 휩싸고 있다는 뜻이었다. 소주는 우선 하산할 수 있는 최단 거리인 대각선 길로 들어섰다가 불길에 막혀 다시 올라갔을 테고 그다음은 직선 길로 내려오려고 했을 것이다. 그곳 역시 만만치 않았을 테지만 소주가 이 서편 길을 택하지는 못했으리라. 서편 능선에서 산 중심부를 거쳐 동편으로 들어가려면 도중에 암벽을 한 번 타야 했기 때문이다. 소주는 자신이 그 암벽을 타지 못한다는 걸 누구보다 잘 알고 있었다.

아직 불길이 번지지 않은 위쪽의 급한 경사를 올라가다 보면 길게 자란 풀들에 가려 잘 보이지조차 않는 화강암 바위와 바위가 겹쳐 있는 장소가 나온다. 언젠가 폭풍우에 바위 하나가 굴러떨어지다 박혀 있던 바위를 건드렸고, 낙석이 멈추면서 두 개의 바위가 꼭 텐트 같은 모양을 만들어 아이들이 몸을 숨기며 놀던 장소다. 그 주위엔 낙엽이나 풀도 없어 불이 번질 만한 물질도 없고, 바위 밑으로 기어 들어가면 딱 사람 하나가 앉아 바위에 몸을 가릴 수 있는 흙구덩이가 움푹 패어 있다. 소주는 아마 거기 웅크리고 앉아 불을 피하고 있을 것이다.

석준이의 말대로 우리는 곧 연기가 스멀스멀 기어 나오고 있는 지대로 접어들었다. 매캐한 냄새가 코를 찔렀고 예상보다 강한 후각적 충격에 바람이 계속 분다면 질식사할 위험도 있겠다는 생각이 들었다.

산에 들어온 지 한 시간가량 지나서 우리는 처음으로 불이 붙은 숲의 광경을 목격했다. 불은 오래 묵은 낙엽들이 쌓인 지표면으로 빠르게 번져 낮게 타오르다가 기세 좋게 불어닥치는 바람의 손을 잡고 나무를 슬그머니 기어 올라갔다. 가늘게 옮겨붙은 불줄기들은 곧 사납게 돌변해서 멋모르고 자신을 허락한 나무 전체를 송두리째 집어삼켰다. 눈앞에서 빠르게 번지고 연소되며 이글거리는 거센 불길을 보고 있자니 밖에서 막연히 상상만 하던 것보다 훨씬 두렵게 느껴졌다. 저 멀리 불길이 지나쳐 온 자리는 마치 숲의 사신이 방문해 살아 있는 것들의 생기를 모조리 빨아들인 듯 가혹한 죽음만이 남아 있었다. 나는 맵고 쓴 공기 때문에 따가워진 눈에서 절로 눈물이 흘러내리는 것을 느꼈다.

"땅뿐만 아니라 바람을 타고 불길이 위로 상승하고 있어. 이래선 나무들이 모조리 불타겠어."

석준이가 걱정스럽게 말하며 주위를 둘러보다 뒤돌아 나가기 시작했다.

"방향을 바꿔야 해."

석준이는 한참을 뒤돌아 가다 다시 위쪽으로 기어 올라갔고 그러다 내려오고 달려가기를 반복했다. 불이 붙은 풀과 나무 들 사이로 석준이는 그래도 달려갈 만한 틈들을 찾아내서, 우리가 가고 있는 길은 큰 위험 없이 잔불만 넘실거리며 타오르고 있었다. 마침내 흙바닥이 단단한 화강암 바닥으로 바뀌면서 눈앞에 비교적 경사가 급한 절벽이 나타났다.

"여길 내려가야 해."

나는 망설임 없이 고개를 끄덕였다. 석준이가 먼저 뛰어내려 화강암 바위 사이에 약간씩 나 있는 틈새를 찾아 내려가기 시작했다. 석준이는 이곳이 아주 익숙한지 어디서 손을 내밀면 튀어나온 모서리를 잡을 수 있고, 어디서 발을 뻗으면 발을 디딜 수 있는 공간을 밟을 수 있는지 잘 알고 있었다. 석준이는 내려가면서도 고개를 위로 쳐들고 내가 안전하게 자신을 쫓아오고 있는지 몇 번이나 거듭 확인했다. 나는 급박한 와중에도 막상 절벽을 타는 게 보기보다 무섭지 않다는 사실이 신기했다.

암벽을 타면서 중간쯤 내려오자 옆의 동편 골짜기가 불타고 있는 광경이 똑똑히 눈에 들어왔다. 아직까지 불이 붙지 않은 나무들이 겁에 질려 흔들거리며 울부짖었고, 이미 화염에 먹혀버린 나무들은 연기와 잿더미로 화해 사방으로 흩어져갔다. 넘실거리는 불길 위로 아까 우리의 머리를 지나쳤던 헬기들이 날아다니며 진화용수를 뿌려대고 있었지만 한번 기세를 탄 불길은 수그러들 기미가 보이지 않았다. 연기에 가려 불길이 어디까지 번졌는지는 정확하게 가늠이 되지 않았지만 산 정상까지 새카맣게 덮고 있는 연기들은 이미 동편 산 전체가 화염의 영향력 아래 놓여 있다는 것을 짐작하게 했다.

"석준아! 들어갈 길이 있겠니?"

내가 바람을 등지고 소리 질렀다.

"있어! 있을 거야!"

석준이가 고개를 돌려 외쳤다. 사실 석준이도 대단한 수가 있는 것처럼 보이지는 않았으나 나는 바위를 붙잡은 손에 힘을 주었다. 두렵지 않다면 거짓말이겠지만 이상하게도 용기가 솟아올랐다.

헬기에서 쏟아져 내린 물로 불길은 겨우 잦아들고 있었지만 화염의 열기 때문에 수증기가 발생해서 한치 앞도 보이지 않을 정도로 시야가 흐려져 있었다. 어림잡아도 스무 대가 넘어 보이는 헬기들이 쉬지 않고 날아다니며 몇천 톤의 물을 뿌려대, 우리는 마치 소나기처럼 쏟아지는 그 물줄기를 고스란히 맞아야 했다. 내가 물의 압력을 이기지 못하고 몇 번 중심을 잃고 넘어질 때마다 석준이는 재빠르게 내 몸을 부축해주고 붙잡아주었다. 수증기가 방향감각을 앗아 간 대신 넘실거리던 화염의 위험은 줄어들었고 석준이는 자신의 본능에만 의지한 채 길을 잡고 있었다. 나는 모든 것을 석준이에게 내맡긴 채 희뿌연 숲 속을 끝도 없이 뒤쫓아 갔다. 마치 깨고 나면 사라질 악몽의 터널을 석준이와 둘이 헤매고 다니는 것 같았지만, 내 손을 아프도록 잡고 있는 석준이의 뜨거운 손만은 현실처럼 생생했다.

석준이가 소주를 찾아낸 것은 동편 산을 헤맨 지 두어 시간 지나서였다. 그런 상황에서 무사히 소주를 찾아낸 것은 기적에 가까워서 석준이의 집념과 간구가 우리를 인도한 것처럼 느껴졌다. 석준이와 나는 바위틈에 쓰러져 있는 소주를 발견하고 허겁지겁 달려갔다. 내가 소주를 외쳐 부르자 소주가 밭은기침을 토해내며 눈을 가늘게 떴다. 석준이의 입에서 안도의 한숨이 새어 나왔다. 소주는 믿기지 않는다는 얼굴로 자기 앞에 앉아 있는 나와 석준이를 천천히 돌아가며 봤다.

"어, 어떻게?"

"헬기 때문에 살았어. 조금만 더 연기를 마셨더라면 죽었을 거야."

석준이가 소주를 안아 일으키며 설명했다. 소주는 곧 들려온 요란한 굉음에 흠칫 몸을 떨었다.

"헬기들이야. 해 지기 전에 불길을 잡으려고 최선을 다하고 있는 것 같아. 덕분에 우리는 너한테 올 수 있었고."

석준이가 내 도움을 받아 소주를 업으며 말했다.

"더 이상 어물거릴 시간 없어. 불길이 잦아들고 있는 지금 빠져나가지 못하면 안 돼."

석준이는 소주를 업고 가뿐하게 일어섰다. 소주는 한 팔로 석준이의 목 주위를 감고 등에 고개를 기댔다.

"어떡할까? 왔던 길로 가야 하나? 해가 지고 있어. 더 어두워지면 우리도 위험하고 헬기도 더 이상 진화 작업을 하지 않을 거야."

내가 걱정스럽게 물었다.

"불길이 잦아들긴 했지만 여긴 너무 위험해. 낙엽들 사이에 숨어 있던 불씨가 바지에라도 옮겨붙으면 큰일이야. 바람은 아직 북서풍이야. 서편 능선을 타는 게 나을 것 같아. 거긴 불이 번지지 않았잖아."

석준이가 신중하게 말했고 나는 고개를 끄덕였다.

우리는 입을 다물고 다시 걸음을 서두르기 시작했다. 더 이상 헬기 소리도 들리지 않았고 사방이 빠르게 어두워지고 있었다. 곧 빗방울이 떨어질 것 같은 날씨인데도 하늘은 무심하게 비 대신 드센 강바람만 불어닥치게 했다. 소주를 업고 있는 데다 많이 지친 석준이는 올 때보다 발걸음이 느려져 있었다. 마주 불어오는 바람이 마지막 희망이었지만 이미 해가 져버린 숲 속은 그마저도 별 기대를 품지 못하게 만들었다.

석준이는 불길이 번졌을 것을 감안해서 올 때보다 위치를 좀 더 높게 잡아 움직이고 있었다. 잔불들을 이리저리 피하면서 걸음을 서두르다가 석준이가 갑자기 멈춰 섰다.

"북동풍이야."

석준이가 말했다. 바람이 어느새 등 뒤에서 불어오고 있었던 것이다. 우리는 입을 다문 채 재빨리 뛰기 시작했다.

공기 중에 매캐한 연기가 섞이기 시작한 것은 그렇게 달린 지 삼십 분쯤 지나서였다. 어두운 숲 여기저기서 다시 불길이 타올랐고 화두(火頭)는 한결같이 우리의 진행 방향과 일치하고 있었다. 불타오른 나무들이 우두둑 부러지는 소리가 요란하게 들렸고 툭툭 타오르는 나뭇잎들은 더운 공기 중에 떠다니다 한 줌의 재로 스러져 갔다.

"얼마나 남은 거야?"

"이제 곧 암벽이야!"

그래도 동편 숲을 거의 다 빠져나왔다는 것에 안도하면서 나는 소주를 업고도 날렵하게 달리고 있는 석준이의 뒤를 숨이 턱에 닿도록 쫓아갔다. 목숨이 경각에 달린 위기의 순간이 되자 체력은 평소 이상의 괴력을 발휘했고 내 허약한 몸이라고는 믿어지지 않을 만큼 민첩하게 움직였다.

마침내 어두운 가운데서도 희미하게 빛을 발하고 있는 암벽에 당도해 우리는 안도의 한숨을 몰아쉬었다. 어두운 숲에서 갑자기 확 치솟는 불길 위로 연기가 뿜어져 나와 우리가 있는 곳으로 몰려들었지만 다행히도 암벽 위의 숲에는 아직 불길이 보이지 않았다.

석준이는 걱정스러운 시선으로 소주를 흘긋 보았다가 정신이 없는 중에도 한 팔로 자신을 단단히 붙잡고 있는 것을 확인하고는 안심했다.

"먼저 올라가. 내가 바짝 붙어 가면서 알려줄게."

내가 먼저 바위 위를 기어 올라가기 시작했고 석준이는 소주를 업은 채 뒤따라오며 길을 일러주었다.

"거기 오른쪽으로 손을 쭉 뻗어. 더 힘껏. 그렇지. 왼발을 구부리면 틈이 하나 있을 거야."

마침내 암벽 끝에 다다르자 나는 먼저 위로 올라간 후 석준이의 팔을 붙잡아 끌어 올려주었다. 우리는 안전하게 땅 위에 앉아 숨을 몰아쉬었다.

"이젠 나도 걸을래. 걸을 만해."

마침 정신을 차렸는지 소주가 가는 목소리로 말했다.

"안 돼!"

석준이가 단호하게 말하며 걱정스럽게 주위를 둘러보았다. 막상 올라와 보니 불은 마치 자유자재로 날아다니는 새처럼 어느새 이 숲에 내려앉아 있었고, 나뭇잎이 타면서 연기가 피어오르는 나무들 밑으로 불긋불긋한 불길이 번져가고 있었던 것이다.

"우린 뛰어야 해!"

"뛸 수 있어."

소주는 이를 악물며 일어섰고 머리를 몇 번 세차게 흔들었다.

"날 믿어."

석준이는 소주를 보며 고개를 끄덕였다. 나는 얼른 소주의 손을 붙들었고 석준이는 우리보다 앞서 뛰어가며 길을 잡았다.

석준이가 이쪽으로 길을 잡은 건 현명한 판단이었다. 바람 방향은 바뀌어 있었으나 서편 능선은 아직 본격적으로 타오르기 전이었고 시간만 잘 맞춘다면 무사히 빠져나갈 수 있는 확률이 그 어느 곳보다도 높았다. 우리는 끈질기게 되살아나 떼어낼 수 없는 망령들에게 쫓기는 듯한 기분으로 화염을 피해 달리고 있었다. 한번씩 강풍이 불어닥칠 때마다 불티들이 바람을 탄 해일처럼 휘몰아쳤고 바짝 마른 나무들에 옮겨 앉은 불꽃들은 곧 세차게 타올라 위협적으로 치솟았다. 석준이는 수백 마리의 길고 가느다란 뱀들이 얽혀 있는 것처럼 낙엽을 휘감으며 타오르는 지표면을 가늠해가며 우리가 잘 따라오고 있나 확인하기 위해 뒤를 돌아보았다.

그것은 순식간에 벌어진 일이었다. 소주의 팔랑거리는 빈 소매에 불타고 있는 나뭇가지가 슬쩍 닿았고 불은 삽시간에 어깨까지 번지며 타올랐다. 소주가 비명을 지르며 바닥으로 쓰러졌고 나도 소리를 지르며 손바닥으로 정신없이 불을 두드렸다. 소매의 불은 금세 꺼졌지만 소주는 파랗게 질려서 온몸을 사시나무 떨듯 떨었다. 내가 소주를 부축해주고 있을 때, 불에 타 쓰러지는 나무에 맞아 언덕 끝으로 밀려나 있던 바위 하나가 굴러떨어지면서 우리 옆에 있던 아름드리나무와 정면으로 충돌했다. 밑동이 불타서 약해져 있던 나무가 우두두둑 소리를 내며 우리를 향해 쓰러지는 순간, 달려오던 석준이는 짧게 비명을 지르며 소주와 나를 있는 힘껏 밀쳐냈다.

나둥그러졌던 내가 정신을 차리고 보니 석준이는 이를 악문 채 윗몸을 들어 아래쪽을 살펴보고 있었다. 굵은 나무가 석준이의 양다리를 깔아뭉개고 있었다. 나는 황급히 티셔츠를 벗어 들고 나무 밑둥치의 불을 정신없이 두드려댔다. 넘어져 있던 소주도 외마디 비명을 지르면서 기어 와 치마를 벗어 나무를 두드렸다. 마침내 연기가 피어오르며 나무에 붙은 불이 꺼졌다.

“석준아, 조금만 참아. 나무를 치워볼게.”

핏기가 가신 채 통증으로 얼굴을 일그러뜨리고 있는 석준이에게 떨리는 목소리로 말한 후 소주와 함께 나무를 잡고 들어 올리려 했지만 역부족이었다. 바위까지 얹혀 있는 굵은 나무는 우리가 아무리 애를 써도 꿈쩍하지 않았다. 난생처음으로 절벽 같은 두려움이 느껴졌다. 소주가 울부짖으며 이번엔 석준이의 몸을 잡고 빼내려 안간힘을 쓰자 석준이가 고통에 찬 비명을 질렀다. 나는 나무를 놓고 석준이의 양다리를 살펴보았다. 부러진 다리뼈가 근육과 피부를 뚫고 나와 피가 흐르고 있었다. 석준이는 절망으로 굳어지는 내 얼굴을 보며 심각한 상황을 짐작했다. 소주는 흐느낌이 섞인 비명을 내지르며 꼼짝도 하지 않는 나무를 한 팔로 들어 올리려고 갖은 애를 쓰고 있었다.

"명지야!"

석준이가 침착하게 나를 불렀다. 누워 있는 석준이의 주변에서 화염이 하나둘 치솟아 오르기 시작했다. 나는 석준이의 곁으로 다가가 무릎을 꿇고 석준이의 손을 잡았다.

"왔던 길 기억해?"

하나도 기억할 수 없었지만 나는 고개를 끄덕였다.

"그 길도 불이 번지고 있을지도 몰라. 방향을 잊어버려선 안 돼."

내가 계속해서 고개를 끄덕이자 눈물방울이 석준이의 창백한 얼굴 위로 후드득 떨어졌다.

"안 돼! 너 그게 무슨 말이야? 명지야! 석준이 두고 갈 거야? 난 못 가. 여기서 같이 죽을 거야."

소주가 소리를 지르며 석준이의 목을 부둥켜안았다. 석준이가 손을 들어 그런 소주를 가만히 안아주자 소주는 미친 사람처럼 울부짖었다. 석준이의 눈에서 눈물이 흘러내렸다.

"소주를 부탁해. 널 믿어."

석준이가 소주를 억지로 떼어내며 내게 말했다.

나는 석준이의 머리를 계속해서 쓰다듬어주었다. 사방에서 불길이 치솟아 오르며 대기마저 태울 듯 열기가 이글거렸다. 소주가 울부짖고 있었다. 나도 석준이에게 매달려 소주처럼 울고 싶었지만 그럴 수 없었다. 그 순간에조차, 나는 그런 사람이 될 수 없었다.

석준이가 고통 때문에 정신이 없는지 몽롱한 목소리로 속삭이듯 말했다.

"그날, 소주랑 같이 우리 집에 찾아와 줘서 고마워. 실은 그때 무척 기뻤어."

나는 고개를 마구 끄덕이면서 석준이의 손을 더욱 힘주어 움켜잡았다. 내 손을 잡았던 석준이의 손가락들이 하나둘 풀렸다. 나는 석준이의 손가락 끝을 안타깝게 부여잡았다.

"나도 고마워. 살아줘서, 나도 고마워."

내가 석준이에게 속삭였다. 석준이가 미소를 짓자 그 애의 눈가에 고여 있던 눈물이 죽 흘러내렸다. 석준이에게 매달려 울부짖고 있는 소주를 억지로 붙잡았다. 나는 소주에게 셋 다 죽을 수는 없다고 말했다. 그리고 나 혼자선 빠져나갈 수 없다고도 했다. 그리고 또 뭐라고 했는지 기억나지 않지만 소주는 내가 붙잡은 손을 더 이상 뿌리치지 못했다. 나는 석준이의 담담한 얼굴을 마지막으로 바라본 후 소주를 잡아끌며 몸을 돌렸다.

그가 원한 것

마침내 비가 내리기 시작한 것은 소주와 내가 탄 구급차가 병원에 막 들어섰을 때였다. 우리는 산불을 진화 중이던 소방대원들과 만난 덕에 바람산을 무사히 벗어날 수 있었지만 석준이가 있던 곳은 이미 화염에 휩싸여 아무도 들어갈 수 없었다.

소주는 밤새도록 헛소리를 하며 고열에 시달렸다. 나는 그런 소주 곁에서 울지도 못한 채 넋을 놓고 앉아 있었다. 병원 측에서 마을 사람들이 모두 인근 초등학교로 대피하는 바람에 부모님과 연락이 되지 않는다고 했을 때, 나는 오히려 안도하고 말았다. 아무도 만나고 싶지 않았고 어떤 말도 하고 싶지 않았다. 누군가에게 석준이가 죽었다는 이야기를 해버리면 정말 석준이가 완전히 죽어버릴 것 같았다. 아주 조금이라도 더, 석준이는 다른 사람들에게 아직 살아 있는 사람이었으면 했다. 그렇게 석준이가 더 살아남았으면 했다.

이른 새벽, 병원에 급히 와준 건 다행히도 부모님이 아니라 윤이었다. 윤은 화재 소식을 듣고 서 장로님이 걱정돼 간밤에 내려왔다가 내가 없어졌다는 부모님의 말을 듣고 밤새 근처 병원을 뒤졌다고 했다. 현장의 소방대원들은 우리가 어느 병원으로 수송됐는지 모르고 있었던 것이다. 윤은 우선 무사한 우리를 보더니 안도의 한숨을 쉬었고 어떻게 된 일인지 물었다. 윤의 침착한 목소리를 듣고 걱정스러운 얼굴을 보는 순간, 나는 끝내 밤새도록 참았던 울음을 터뜨리고 말았다.

나는 울었다. 평생 그렇게 울어본 적이 없을 정도로, 소리를 지르며. 윤이 다급히 날 안아주었고 나는 정말로 온몸이 찢어지는 듯한 슬픔을 느끼며 통곡했다. 당황한 간호사들이 달려와 병원에서 그렇게 울면 안 된다고 주의를 주고, 윤이 내 등을 토닥이면서 그들에게 계속해서 사과하는데도 나는 비명을 그칠 수 없었다. 윤은 마침내 날 달래던 것도 멈춘 채 내가 자신의 품에서 통곡하는 것을 가만히 지켜봐 주었다.

*

윤과 내가 마을로 돌아갔을 때도 여전히 소방대원들이 남아 잔불 정리와 뒷정리에 한창이었다. 어제 동원된 군부대원들은 이미 철수한 상태였고 공익요원과 공무원, 소방대원 들이 밤새도록 내린 비에도 혹시 남아 있는 불이 있는지 뒤지고 있었다. 초등학교 건물로 대피했던 주민들도 아침에 모두 돌아와 집이며 마을 정리를 시작했다. 윤은 나와 함께, 갑자기 사라져버린 딸 때문에 밤새도록 속을 끓인 부모님을 만나 간단하게 자초지종을 설명했다. 내가 혹시라도 잘못됐을까 봐 발만 동동 구르며 애를 태운 엄마는 안도의 울음을 터뜨렸다.

"석준이가 그럼 우리 딸과 소주를 구하려다 죽었단 말인가?"

아빠가 몹시 안타까워하며 묻자 윤은 침통한 표정으로 고개를 끄덕였다.

윤과 나는 소방대원 세 명과 함께 들것을 들고 산으로 들어갔다. 거의 다 도착했을 때 윤이 그냥 여기서 기다리는 게 어떻겠냐고 물었다. 보기 괴로울 거라는 윤의 말에 나는 고개를 저었다.

석준이의 모습은 거의 알아보기 힘들었다. 윤과 대원들은 바위와 까맣게 탄 나무를 들어 올린 후 가지고 간 흰 천으로 석준이의 시체를 잘 감쌌다. 산을 내려오면서 윤은 석준이가 정신을 먼저 잃었기 때문에 누운 자세 그대로 평안히 숨을 거뒀으니 많이 고통스럽진 않았을 것이라 위로했다.

나는 갈 곳이 없어진 소주를 목사관으로 데려와 시름시름 앓는 그 애를 정성껏 돌봐 주었다. 곧 여름방학이 시작된 건 우리에게 다행스러운 일이었다. 나는 새벽부터 밤까지 학원에서 그림에 매달렸다. 소주는 소주대로 목사관에서 엄마의 일을 돕고 나머지 시간엔 공부에 몰두했다. 밤이 되면 우리는 같이 마주 앉아 차를 마시거나 음악을 들었다. 둘 다 석준이에 대해 별다른 대화를 나누지 않았으며 시간이 흘러 상처가 아물기를 고통 속에서 기다렸다.

소주는 가끔 악몽을 꾸었다. 밤에 비명을 지르고 갑자기 울음을 터뜨리기도 해서 나는 소주의 슬픔이 가라앉을 때까지 다정하게 안아주었다. 어느 날 밤, 소주는 눈물을 흘리며 잠에서 깨어났다.

"명지야."

나는 울먹이는 소주의 손을 잡았다.

"만일 내가 팔이 멀쩡했다면, 그랬다면 석준이를 살릴 수 있었을까?"

내 눈에도 눈물이 고였다.

"그렇지 않아. 다 타버린 나무인데도 젊은 남자 셋이 겨우 들어올렸어."

"그래도, 만일 내가 팔 하나만 더 있었다면, 그랬다면 석준이를 구할 수 있었을지도 몰라."

소주가 안타깝게 흐느끼며 말했다. 나는 소주를 가만히 안아주었다.

"그렇지 않아. 누구라도 어쩔 수 없었어. 네 잘못이 아니야."

가슴이 너무 아파 숨이 막히는 것 같았다.

만약 소주가 그렇게 불안정한 상태가 아니었다면, 나는 자신이 어떤 식으로 무너져갔을지 모른다고 몇 번이나 생각했다. 소주의 눈물을 닦아주느라 내 눈물을 참을 수 있었고, 소주의 슬픔을 달래주느라 내 슬픔을 삼킬 수 있었다. 건강을 챙겨주고 상처를 치유해줘야 하는 사람이 곁에 있다는 것은 행운이자 축복이었고, 잠이 든 소주의 모습에서 석준이의 희미한 흔적을 느끼는 것으로 나는 마음의 위안을 얻었다.

여름방학도 거의 끝나갈 무렵, 저녁 늦게 학원에서 돌아와 보니 소주는 내 방 창가에서 석준이네 초가지붕을 내려다보고 있었다. 나는 가방을 내려놓고 소주 곁으로 가서 그 애에게 몸을 기댄 후 함께 그 집을 바라보았다.

"보기 흉하다."

소주가 중얼거렸다.

"그래. 이번에 저 집도 홀랑 타버렸으면 좋았을 텐데. 정말 지긋지긋해."

"태워버리면 되잖아."

소주가 나를 빤히 쳐다보면서 말했다.

"누가? 우리가?"

내가 깜짝 놀라며 되묻자 소주는 한쪽이 푹 꺼진 지붕을 다시 보며 분명히 말했다.

"그래. 우리니까, 태워도 돼."

우리는 부모님과 마을이 잠에 빠져들길 기다렸다. 나는 광에서 엄마가 예비용으로 사다 둔 식용유 한 통을 꺼내 소주와 함께 살그머니 집을 나섰다. 달도 없고 바람도 불지 않는 고요한 여름밤이어서 폐가를 태워버리기엔 더없이 좋은 날이었다. 우리는 손을 잡은 채 소나무 숲을 끼고 비닐하우스를 빙 돌아 석준이네 집으로 향했다. 개들도 우리가 깨어 돌아다니는 것을 모르는 척하기로 했는지 멀리서 짖는 소리조차 없었다.

우리는 과거이자 현재인 그곳에 서서 주위를 둘러보았다. 익숙하면서도 동시에 낯선 그 공간 안에 어린 석준이는 다시 갇혀 있었고, 여전히 무서워하며 울고 있었다. 우리는 그 자리에 주저앉아 한참 동안 한쪽이 푹 꺼진 지붕을 바라보았다. 산이 불타고, 마을이 불타 없어지고, 세상이 불탈지라도 그곳은 여전히 살아남을 것이고 상처 입은 영혼은 그 안에서 나오지 못할 것이다. 소주와 나는 자리에서 일어섰다.

소주가 집 여기저기에 식용유를 뿌리는 사이, 나는 가지고 온 성냥을 꺼내 들고 마당에 떨어져 있는 짚단을 집어 불을 붙였다. 그러고는 재빨리 불타오르며 사그라지는 짚단을 마루에 던졌다. 뿌려놓은 기름을 타고 바짝 말라 있던 초가집에 불길이 빠르게 번져나가기 시작했다.

우리는 그곳이 불타는 모습을 지켜보았다. 어쩌면 이것은 꿈인지도 몰랐다. 저 초가집이 새카맣게 불타 재조차 바람에 모조리 실려 간다 해도, 내일 아침 해가 뜨면 다시 한쪽 지붕이 꺼진 채 이곳에 서서 석준이를 불러들일지도 몰랐다. 그러면 그 애는 여전히 무서워하며 이 경계 없는 토굴 속을 밤새도록 헤매야 할 것이다.

*

가을로 접어들면서 교회와 목사관 사이에 작은 단층 건물이 세워졌다. 학교가 들어서면 곧 유입될 젊은 인구를 고려해 마침내 선교원이 만들어진 것이다. 아빠는 선교원을 운영할 적임자로 결혼 후 읍내에서 살고 있는 김선주 선생님을 떠올렸다. 김선주 선생님이 주임으로 모든 일을 총괄하기로 한 선교원은 이듬해 봄부터 아이들을 받을 준비를 하느라 분주했다. 그새 두 아이의 엄마가 돼서 자잘한 일상에 시달리며 자존심과 허영심을 챙길 여력이 줄어든 그녀와, 그래도 예전보다는 어른스러워진 나 사이엔 서로에 대한 예의를 차릴 여유가 들어서 있었다.

김선주 선생님은 예배가 끝난 후 따로 소주를 불러 오랫동안 이야기를 나누었다. 나중에 무슨 이야기를 했느냐고 물어보았을 때 소주는 생각에 잠겨 말했다.

"김선주 선생님이 졸업한 학교에 야간 학부가 있다고, 거길 들어가 보면 어떻겠냐셔. 이 년 후면 졸업이니까 졸업 후엔 여기에서 자기를 좀 도와주면 좋겠다고. 그래서 생각해보겠다고 했어."

"나는 네가 좀 더 큰 도시로 나가고 싶어 할 거라 생각했어."

"뭐, 굳이 그러고 싶은 건 아니야."

소주가 우물쭈물하며 대답했다. 나는 소주의 손을 잡았다.

"만일 겁이 나서 여기 머무는 거라면 그러지 않았으면 좋겠어. 넌 뭐든지 할 수 있고 뭐든지 될 수 있어."

소주가 맑은 눈으로 날 쳐다봤다.

"그런 거 아니야. 아이들을 돌보고 가르치는 일은 내게 잘 맞을 거야. 하고 싶다는 생각을 해본 적은 있지만 현실적으로 취직이 어려울 테니까 포기했었어. 하지만 여기에서라면 굳이 내 팔을 신경 쓸 필요도 없고, 나도 훨씬 마음 편히 살 수 있잖아."

나는 더 이상 아무 말도 해주지 못했다. 소주의 왼팔이 한계로 작용하는 현실을 모르는 척하기엔 우리 둘 다 너무 커버렸고, 소주가 움츠러들며 좀 더 현실적인 선택을 하는 것을 말릴 형편도 아니었다. 나 역시 자신의 한계 너머에 무엇이 있는지 생각해본 적이 있었던가. 학교와 교회와 학원을 쳇바퀴 돌듯 부지런히 오가며 나는 어느샌가 꿈꾸는 것을 잃어버리고 있었다. 그토록 바라던 대학에 합격한 후 이곳을 떠난다면, 내가 가는 곳은 여기와 무엇이 얼마나 다를 것인가. 어디에 가든 나는 나일 것이고, 내 천성이 만들어놓은 내 세계들은 늘 견고히 주위를 둘러싼 채 절대로 깨지지 않을 것이다.

*

어스름한 새벽이었다. 나는 조용히 옷을 갈아입고 깊이 잠들어 있는 소주를 한 번 바라보고는 방을 나섰다. 부모님도 아직 잠들어 있는지 집 안은 조용했다. 신발장에서 운동화를 꺼내 신고 밖으로 나오자 마당의 꽃나무들엔 벌써 첫서리가 내려앉아 있었다. 나는 천천히 언덕길을 내려가기 시작했다.

내 발걸음은 바람산을 향하고 있었다. 그토록 풍성하고 아름다운 신록을 자랑하던 산은 이제 마치 살아 있는 것들의 묘지 같았다. 멀리서 봐도 시커멓게 타서 민둥하게 벗어진 산허리는 한때 탐스러운 과실을 맺었던 과수원이 있었다고는 생각하기 어려웠고, 새카맣게 타 그 자리에 화석처럼 굳어진 과수나무들은 바람이 불 때마다 시름없는 재들만 뿌려댔다. 하얗게 타고 남은 풀들은 이제 땅속으로 스며들 일만 남았으며 그래도 그 사이에 살아남은 한 송이 들꽃이 희뿌연 안개와 재 냄새를 맡으며 외로이 서 있었다.

나는 짙은 안개가 자욱한 새벽의 바람산을 천천히 올라갔다. 불이 난 지 벌써 여러 달이 지났건만 아직도 산에는 생명이 타고 남은 처절한 냄새가 가득했고 발밑에서 부스러져 흩어지는 풀과 낙엽 들의 잔재, 그리고 묘비처럼 서 있는 타 죽은 나무들이 영원히 끝나지 않는 장례식처럼 이어졌다.

나는 산을 오르며 석준이와 나눈 단 한 번의 사랑을 생각했다. 석준이는 계속해서 아프지 않냐고 겁에 질려 물어보았다. 하반신 전체가 찢겨 나가는 것처럼 아팠지만 그래도 좋았다. 석준이의 일부가 내 몸 안에 있어서, 그래서 좋았다. 마치 내가 석준이가 되고 석준이가 내가 된 것 같은 희한한 느낌이었다. 우리는 다시 서로를 안지 않았다. 그 강렬하고 소중한 경험이 반복되고 되풀이되다 끝내는 기억조차 퇴색해버릴까 두려웠고 결국엔 그렇게 되고 말 것이라는 걸 서로가 알고 있었다

석준이를 다시 한 번만 보고 싶다는 강렬한 염원은 내 머릿속을 줄곧 지배했고 너무 간절히 원하다 보니 그럴 수도 있을 것 같다는 생각이 들었다. 매일 동네를 들어오며 시커멓게 타버린 산을 볼 때마다 나는 저 산에 가봐야 한다는 스스로의 목소리를 홀린 듯 듣고 있었다. 그리고 마침내 자신의 목소리를 좇아 오늘 새벽 이곳으로 왔고, 시간이 정지된 듯한 폐허의 숲 속을 지나 안개를 헤치며 위로, 위로 올라가고 있었다. 이마에 땀이 흘러내렸고 몇 번이나 미끄러져 넘어지면서도 나는 다시 일어나 계속해서 산을 올라갔다.

한 남자가 있었다. 이해받지 못하고, 이해하지도 못하고, 사랑받지 못하고, 사랑하지도 못하고, 사랑한다 해도 알지 못하고, 사랑받는다 해도 알지 못하는 사람이었다. 그 남자는 바람산 정상에 올라 절벽으로 뛰어내렸고 시체는 찾지 못했다. 나는 그때 그 남자가 날아서 어딘가로 사라져 간 것이라고는 생각하지 않았다. 참 슬프게

도 죽은 사람이구나, 그렇게만 생각했다. 하지만 윤은 그 남자가 정말 어떻게 됐는지는 중요하지 않다고 했다. 중요한 건 그 남자가 무엇을 원했느냐라고 했다. 삶이란 원하는 대로 이루어지는 게 아니라 무언가를 원하는 것으로 이루어지는지 모른다.

나는 서서히 모습을 드러내는, 자욱한 안개에 둘러싸인 화강암 봉우리를 올려다봤다. 암벽 앞에 서자 쇠못에 박힌 긴 동아줄이 늘어져 있는 것이 보였다. 그 끈을 붙잡고 올라가야 하는 모양이었다. 나는 손을 뻗어 줄을 잡고 발을 바위에 디딘 후 조금씩 위로 움직이기 시작했다. 힐끗 뒤를 돌아보자 아찔한 높이가 느껴졌고 현기증이 찾아왔지만 나는 이를 악물고 다시 한 발 한 발 천천히 올라갔다. 밧줄만 놓치면 천 길 절벽으로 떨어질 텐데도 이상하게 두렵지 않았다.

몇 번 발을 헛디디긴 했지만 나는 무사히 절벽을 기어올랐다. 정상까지 가는 길에는 쇠줄로 난간이 만들어져 있었다. 그 난간을 잡고 밑을 내려다보자 자욱한 안개에 가려 아무것도 보이지 않았고 안개와 하늘과 허공이 모두 하나로 뒤엉켜 바람산 정상을 감싸고 있는 것처럼 느껴졌다. 나는 떨리는 발을 조심조심 내디뎌 정상으로 조금씩 다가갔다. 한 손으로는 난간을 붙잡고, 다른 손으로는 바위를 움켜쥐기도 하며 기어 올라가 마침내 그 산의 정점, 가장 높은 꼭대기에 우뚝 서서 눈앞에 펼쳐진 하늘을 바라보았다.

바람산의 명물, 세찬 돌풍이 안개를 마음대로 희롱하며 내 머리를 마구 나부끼게 했고 나는 양팔을 벌리고 서서 눈물을 흘리며 한동안 그 바람을 음미했다. 나는 고개를 들고 위를 쳐다보았다. 분명 하늘이 눈앞에 있었는데, 여전히 내 머리 위로는 닿을 수 없는 더 높은 하늘이 도도히 펼쳐져 있었고, 막 떠오른 태양이 눈부시게 빛을 발하며 떠 있었다. 이 높은 산으로도 그곳엔 갈 수 없다는 생각에 나는 절망을 느꼈다. 그럼, 내가 있는 여기는 어디일까? 나는 발을 앞으로 한 발자국 내디뎠다. 돌풍이 세차게 불어와 내 몸이 흔들렸다. 그래도 나는 다시 한 발자국 앞으로 내디뎠다.

그때, 바람산의 돌풍이 내 몸을 부드럽게 감싸 안았고 나는 몸이 붕 떠오르는 것을 느꼈다.

날고 있어, 라고 나는 생각했다.

| 작가의 말 |

연병장에 소대원들이 일렬로 늘어서 있었다. 소대장이 심각한 표정으로 우렁차게 외쳤다.

"제군들! 지금부터 우리는 아주 위험하며 동시에 중대한 임무를 맡게 되었다. 작전지역에 먼저 가서 우리에게 필요한 정보를 모아 올 정찰병이 필요하다. 살아 돌아올 수 있을지 장담할 수는 없지만, 전우를 위해 목숨을 내놓을 용기 있는 자가 앞으로 한 발 나서 자원해주기 바란다!"

소대장의 말이 떨어지자마자 한 사람이 대열의 앞으로 나섰다. 소대장은 크게 기뻐하며 용기 있는 군인 앞으로 갔다.

"제군! 군의 용기에 감탄하는 바이다! 앞으로 나선 이유를 물어도 되겠는가?"

잔뜩 겁에 질린 소대원이 떨리는 목소리로 대답했다.

"다들 뒤로 한 발짝 물러났는데, 저만 그대로 있었습니다."

이 이야기는 내가 아주 오랫동안 좋아한 우스개이다. 나는 다들 한 발짝 물러설 때, 미처 그 생각을 하지 못하는 바람에 난데없이 위험한 임무를 떠맡게 된 그 가련한 병사가 몹시 좋았다. 이 얼마나 어수룩한 비극의 시작인가 말이다.

삼십 년 넘게 문학과는 아무런 상관도 없이 살아오던 내가 갑자기 소설을 쓴다니까 다들 물어보는 말이 있다.

"대체 왜?"

그때의 내 표정은 아마 저 가련한 병사의 표정과 똑같았을 것이다. 나는 미처 한 발 물러날 생각을 하지 못해 위험한 지역으로 떠나게 된 정찰병 같은 심정이었다. 될 수 있으면 다들 물러날 때 같이 물러설 수 있는 약간의 기지와 영악함을 갖추고 싶었건만, 어쩌나. 나는 이미 대열에서 밀려나 버렸다. 글을 쓴다는 게 그렇다. 쓰고자 해서 써지는 것도 아니고, 피하고자 해서 피해지는 것도 아닌 것 같다. 내가 소설을 쓰는 이유는 이렇게 어수룩하다.

기왕지사 갔다 오기로 한 거, 내가 다녀오는 그곳이 들을 만한 이야깃거리를 많이 담고 있는 곳이면 좋겠다. 쓸모 있는 이야기는 하나도 건져 오지 못하는 정찰병이라니, 정말 맥 빠지는 일일 것이다.

뭐든 책이 나오면 거기에 자기 이름을 넣어달라고 한 내 동생 영은아. 네 이름 넣는다. 자신감 없어 비실대는 초짜 작가에게 1호 광팬을 자처하며 충실한 격려를 아끼지 않아줘서 고맙다. 지금은 호수가 보이는 골짜기에서 편히 쉬고 있을 그에게도 고맙다. 그는 끊어져 있던 내 삶의 어떤 고리를 이어주고 갔다. 하마터면 내 하드에서 영구히 뒹굴다 사장될 뻔한 졸고에 생명을 불어 넣어준 창비 편집부에도 고맙다는 인사를 전한다.

2009년 8월

권하은

창비청소년문학 20
바람이 노래한다

초판 1쇄 발행 • 2009년 8월 14일
초판 10쇄 발행 • 2021년 6월 18일

지은이 • 권하은
펴낸이 • 강일우
책임편집 • 이하나
펴낸곳 • (주)창비
등록 • 1986년 8월 5일 제85호
주소 • 10881 경기도 파주시 회동길 184
전화 • 031-955-3333
팩시밀리 • 영업 031-955-3399 편집 031-955-3400
홈페이지 • www.changbi.com
전자우편 • ya@changbi.com

ISBN 978-89-364-5620-7 43810

* 책값은 뒤표지에 표시되어 있습니다.